高田好胤

月に架かる虹

戦没者慰霊の旅

芸術新聞社

月に架かる虹

戦没者慰霊の旅 ◉ 目次

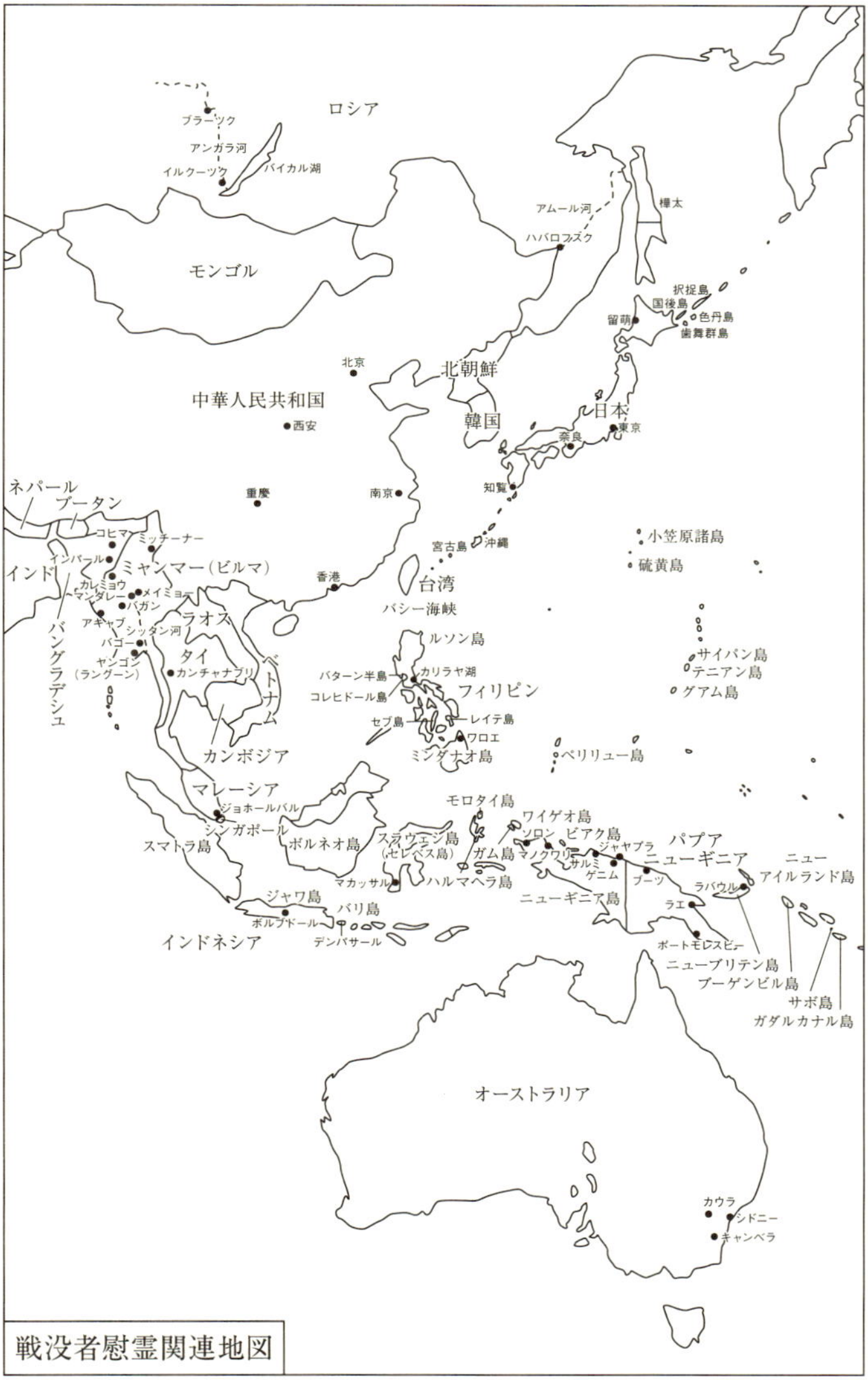
ロシア
ブラーツク
アンガラ河
イルクーツク
バイカル湖
モンゴル
アムール河
ハバロフスク
樺太
択捉島
国後島
色丹島
歯舞群島
留萌
北京
北朝鮮
中華人民共和国
韓国
日本
西安
奈良
東京
知覧
重慶
南京
ネパール
ブータン
コヒマ
ミッチーナー
インパール
ミャンマー（ビルマ）
インド
カレミョウ
マンダレー
メイミョー
パガン
アキャブ
シッタン河
ラオス
バゴー
タイ
ヤンゴン
（ラングーン）
カンチャナブリ
バングラデシュ
ベトナム
カンボジア
宮古島
沖縄
香港
台湾
バシー海峡
ルソン島
バターン半島
カリラヤ湖
コレヒドール島
フィリピン
セブ島
レイテ島
ワロエ
ミンダナオ島
小笠原諸島
硫黄島
サイパン島
テニアン島
グアム島
ペリリュー島
マレーシア
ジョホールバル
シンガポール
スマトラ島
ボルネオ島
モロタイ島
スラウェシ島
（セレベス島）
ガム島
ワイゲオ島
ソロン
マノクワリ
ビアク島
サルミ
ゲニム
ジャヤプラ
パプア
ニューギニア
ブーツ
ハルマヘラ島
マカッサル
ジャワ島
バリ島
ボルブドール
デンパサール
インドネシア
ニューギニア島
ラバウル
ラエ
ポートモレスビー
ニュー
アイルランド島
ニューブリテン島
ブーゲンビル島
サボ島
ガダルカナル島
オーストラリア
カウラ
シドニー
キャンベラ

戦没者慰霊関連地図

装丁　熊谷博人

グアム・サイパン慰霊法要の旅

〈虹になって〉

一月二十日（昭和四十九年）から、グアム・サイパンへ慰霊法要に行ってまいりました。最初、洋上大学[*1]で交渉を受けたのですが、「慰霊法要なれば」と申し入れをして、計画を立てていただきました。慰霊法要を目的として参加された方は百人でした。それに洋上の経営セミナーの百人。あとの二百人は「新春 船の旅」という、これはまぁお遊びの旅でありますが、一行四百名。

法要を目的とした人々は百名ではありましたが、他の三百人の方が乗船して下さるので、慰霊法要の人が十数万円ほどで旅ができたのですから、あとの三百人は慰霊法要の人々にとっては縁を助けていただいた、いわゆる助縁《じょえん》の方々であったわけです。四百冊の般若心経の本を持って船に乗りこみ、みんなにお経を覚えてもらい一緒にお経をあげました。

二十二日でしたが、午後三時、東方に硫黄島《いおうとう》が位置するという洋上で船上慰霊法要をいたしました。硫黄島で亡くなられた方々二万人、中部太平洋方面で亡くなられた方々は、なんと二十二万七千人です。その中に、海の藻屑《もくず》と化《か》せられた方々もずい分おられます。「ボーッ」と長く尾をひく汽笛が二声《にせい》、それにあわせて一分間の黙禱《もくとう》を捧げました。何か腸《はらわた》の底から込みあげてくる感覚、我々の胸にじぃーんと響いてくる感動を覚えました。素絹五條《そけんごじょう》の袈裟《けさ》と衣、正式の法要をいたしました。法要の後「ふるさと」の歌、そして「海行《ゆ》かば」をみんなで歌いました。

この法要で、ちょうどお経をあげている間、東の方に虹が出たのだそうであります。しかし私ども僧侶は一所懸命目をつぶってお経をあげておりました。目をあけたら涙が落ちますから。この「虹が出た」ということに、参列された人々がひとしく異様な感動を受けられたようです。

ご一緒した松原泰道《たいどう》師が、次の詩を詠《よ》まれました。

虹が見ゆ　虹が見えると　遺族らが　涙して仰ぐ　硫黄島の沖
硫黄島の　若き英霊《みたま》が　はるかなる　祖国《くに》にかかるか　虹の浮き橋

確かに、この時の私どもの実感です。

昭和四十六年、ビルマのラングーン（現ミャンマーのヤンゴン）にある日本人墓地へお参りした時のことです。そこはゴム林の中でした。私が導師をしておりましたが、印《いん》[*2]を結び、印を切った時、風もないのに、ゴムの木の葉っぱが空《くう》を切るが如く、舞うが如く「ササササーッ」と二度にわたって舞い散ったことがありました。異様な感動を受けました。必死でお経をあげました。お経が終わった時、参列された方々が「ゴムの葉が……、ゴムの葉が……」と異口同音に発し、みなの目には涙が光っておりました。

霊魂があるとかないとかいうことは、軽々しくは申せることではありません。しかし、そういった異様な感動を受けたことは事実でした。

またその後、昭和四十七年二月のことです。バターン半島とコレヒドール島の見える比島（フィリピン諸島）の洋上で法要した時、あとで青年たちが私の船室にたずねてきて、緊張した面持ちで「不思議なことありますなぁ」というのです。ちょうどお経があがっている間、喜ぶが如く楽しむが如く、イルカが上になり下になりしながら船についておりました。そしてお経が終わったら、うれしげに海の底に消えていったというのです。およそ普段そんなことには関係のないような若者たちでした。

今回こうして「美しい虹が出た」というよりは「虹となって出られた」、そんな思いがいたしました。「あの虹は、亡くなられた方々の〝うれしい〟という気持ちのあらわれでございます」と遺族の方から厚くお礼をいわれました。やはり何かこうしたものがあるのですね。

翌二十三日、朝の十時頃、船の片方のエンジンが止まって速度が十三ノットに落ち、グアムに着くのは一日のびて二十五日になり、神戸への帰港は二日遅れて二月一日の予定だと船内放送がありました。これを聞いた時、きっとみんなの気持ちが揺れるだろうと懸念し、ひとつ甲板で、船上の茶会でもして気持ちをなごませようと、そんなことを思いました。

その日の午後、私の二度目の講義がありました。その時、思いもしなかったのですが、こんな話がふと口をついて出たのです。
「エンジンが一つ止まって船の速度が落ちたということは、皆さん方に、少しでもゆっくりと〝自分のところにいてくれよ〟と願っておられる英霊の願いです。この海に眠っておられる英霊《みたま》の願いを喜んで聞こうではないですか。快く受け止めようじゃありませんか。

我々は二日三日遅れても必ず日本へ帰れます。家へ帰れます。しかし、ここに沈んで海の藻屑と化しておられる勇士たちは、戦時下のこと、どこへ行くあてもなく運ばれました。風がだいぶ温《ぬく》うなってきたので南へ来ているなと思い、あるいは、星座の知識がある人ならば、それによってどこへ行くのかと判断できたかも知れませんが、いつ何どき、潜水艦が、魚雷が、上からは飛行機の爆弾が……、と夜もおちおち寝ておられない。我々はベッドでぬくぬくと寝かせてもらえて快適な船の旅。ここで若き命を散らした方々は、船の底に牛馬の如く積み込まれ、そして沈み、死んでいかれた方々である……」という話をしました。

結局、誰一人として船の遅れに文句を言った人はなかったそうです。四百名もの人がいれば必ず言いがかりをつける人があるものです。あとで聞いたところによると、ねじこもうと企《たくら》んでいたが、あの話を聞いて文句を言うことができなかったという若い人のグループがあったそうです。してみると、そういう若者の心を動かした御霊の導きはやはりあったのです。

〈不真面目な日本人〉

二十五日、グアムへ上陸しました。小畑英良《おばたひでよし》司令官以下、日本軍が玉砕されたジーゴの慰霊公苑には、合掌を象《かたど》った高さ十五メートルの慰霊塔ができていました。私どもはその塔の前で慰霊法要をしました。

そこで聞いた話です。今グアムにいる日本人は千名ほどだそうですが、そのうち日本人会に入っている人は三百名ぐらいとのことです。その方々が、ここの掃除などを奉仕しておられるのですが、草の生《は》えるのが早く、人を雇うてしなければ追いつかない。また草刈機などを買うお金も足りない。日本でその費用を集めてもらえればありがたいのだが……、とのことで困っておられました。

しかしその問題以上に残念であったのは、グアムへは今、多くの日本人が行く。しかし慰霊公苑が少し島の北へ寄っているところからか、ほとんどの人が慰霊塔へお参りしにはこない。それについて、この島の人々から「日本人は、国を護った人々に対する敬意や感謝の気持ちをもたない、不真面目な国民である」との印象を与えている。実に肩身の狭い思い、うしろめたい思いを、この島に住む日本人にさせているとのことでした。

観光バスの一般コースにさえ、この慰霊公苑は入っていないそうです。けれども一人が足代にあと二ドルずつ出しさえすればお参りに行けるのに、と嘆いておられました。お線香を持ってお参りにくる人はほとんど皆無だとのことでした。どうか皆さん、お知り合いの方でグアムへ行かれる人がありましたら、へたな餞別《せんべつ》をあげられるより、お線香を渡してやっていただきたい。そして、必ずジーゴの慰霊公苑へお参りしてくるようにおっしゃってください。これが導きです。そして必ず、数珠《じゅず》とお線香を持ってグアムへ行くように言ってください。お願いします。

こうした、祖国のために犠牲になってくださった兵隊さんや、その他多くの方々のお気持ちを汲《く》んでこそ、日本のまちがいない歴史がつくられてゆくのです。

〈霊場サイパン〉

明けて二十六日、ゴルフに行く人はゴルフに、海水浴に行く人は海水浴に……と、みんなグアムの休日を一日ゆっくり楽しまれたようです。私は船室にとじこもって、明日二十七日、サイパンでの慰霊法要の準備や調べものをして、法要の時によみ上げる「表白《ひょうびゃく》」*3の文章作成に終日を要しました。松原泰道師も、船内に籠《こ》もられてお写経をされていました。

いよいよ二十七日、サイパンです。朝まだき、ベッドを出て船の前方甲板に立ちました。まだ明けやらぬ薄墨色の朝もやの中、サイパン島が近づいてきます。島全体が日本人の墳墓です。この島はまさにそうです。

八時着岸、八時半に島へ降り立ちました。私の乗った車にワンサン（元日本軍通訳）という方が案内に同乗してくださいました。「私、ワンサンです」という一言から説明が始まりました。「あなた方、今朝、船の中でご飯食べてきました。コーヒー、紅茶、飲んできました。日本軍、友軍の兵隊さん、アメリカに追われて食べる物なんにもない。傷ついて倒れる。それでも介抱してくれる優しい奥さんいない。可愛い子供いない。兵隊さん、みな泣いた。飲むものもなかった。泣きの涙、それ溜めて飲みました」

ワンサン氏の声は次第に熱を帯び、声の調子も一段と高くなる。そして再び「あなた方、温かいコーヒー、紅茶飲んできた」が繰り返された。

私はその日の朝食の時、いよいよ今朝でこの船旅をさせてくれた〝コーラル・プリンセス号〟ともお別れだと思いながら、この日に限って紅茶を飲んだんです。そしてワンサンのこの話でしょう。紅茶を飲んだのがとっても辛い気持ちになりましてね。ご飯を食べてきたのも、何だか悪いことしてきたような思いがいたしました。

話を聞く者、みんな真剣でした。そんな雰囲気が漂っていました。何か人をそういう気持ちにさせる霊気がありますね、サイパンという島は。

ワンサン氏の先導で、案内を受けながら車は島の北へ北へと進んでゆきました。いたるところ、戦時中の艦砲射撃で岩がくずれ、大きな穴があいておりました。昭和十九年六月十五日のアメリカ軍上陸により、緑なす平和の島であったサイパンが如何《いか》に修羅《しゅら》の巷《ちまた》と化したかを、三十年を経《へ》て今なお、それを物語っているのに戦慄を覚えました。

「自害の断崖」（スーサイドクリフ）に立ちました。百メートル、いやもっと下、その一帯はジャングルなんです。何千人もの人々が追いつめられて、その台地に飛び降りたというのです。逃げる子供をつかまえて、親は子供の頭を岩に打ち割って、その子供を抱いて断崖から飛び降りたというのです。なかには、縄で家族五人、六人がしばりあって飛び降りたといいます。

その台地、そこは、上からも下からも行ける所ではない。ですから、今でもまだ白骨が累々《るいるい》とそのまま眠っているのだそうです。そしてそこには、あたかもその白骨が鳥と化《か》したのではないかと思われる、真っ白い鳥が無数に飛んでいました。ヒコーキ鳥とも呼ばれるそうですが、イワツバメです。その鳥のなんと白かったことか。

凄絶のなんのと言えたものではありません。無上の恐怖、とにかく筆舌に絶して、私には表現する術《すべ》もありません。皆さん方、いっぺんサイパンへお詣りになってください。霊場です。

その自害の崖の真下二百数十メートル、そこが「ばんざい岬の絶壁」（バンザイクリフ）です。そこで、サイパン島での慰霊法要をいたしました。当時、日本人がこの島の北端の岬から紺碧《こんぺき》の海に〝バンザイ〟と飛び込んで死んでゆかれました。なぜ北端で……。それは一歩でも、一足でも祖国に近い所で死にたいとの気持ちからでありました。

紺碧の海の色が朱《あけ》に染まり、数多《あまた》の屍《しかばね》のためにアメリカの上陸用舟艇が運航できなかったそうです。アメリカ軍は、あまりにも多くの日本人が海に飛び込んで死ぬものですから、かえってその場所に近づけなくするために砲弾の雨を降らしたそうですが、その砲煙弾雨《ほうえんだんう》の中をかいくぐって「天皇陛下万歳」といって、次々に海へ落ちてゆかれたとのことです。

四百人の参加者全員が参加して、みな慟哭《どうこく》しながらも声をしぼってお経をあげてくれました。経典だけではない、「海行かば」「ふるさと」の歌、そして親鸞聖人の「恩徳讃《おんどくさん》」。それはそれは骨の髄から出て来た涙でお経をあげ、そして歌いました。身体中、心底から疲れました。身心ともに疲弊するとはああいうことでしょうね。

サイパンの法要を勤め終えて、セスナ機でテニアンを経て、グアム島から日航機で東京へ帰ったのですが、着いてもまだ胸のドキドキがおさまらず、食欲も出ませんでした。そして、人と話をする気にもなれませんでした。

度肝《どぎも》を抜かれたとしか言いようがありません。みなさん、こういう中から今日の日本が生まれてきたのです。繁栄が出てきたのです。骨の髄からこみ上げてくる涙の中から、ふっと気がついた時、私は肚《はら》の底から「真面目な日本人になります。日本を真面目な国にいたします」と誓っていました。

私ども日本人は、真面目に生きる、謙虚に、初心に立ち返っての精神を忘れていました。最近のニュース報道では、ジャカルタやバンコクで国旗を焼かれるなど、田中総理[*4]がずいぶん非礼な暴徒の歓迎を受けたそうですが、あれは田中さん自身へのことではない。まごころを失っている日本人一人一人への思い知らせです。そう受けとめて、私ども一人一人の問題として反省しなければならないと思います。あまりにも思い上がりすぎています。それが世界の人々から嫌われる所以《ゆえん》です。

もう一度繰り返しますが、皆さん方のお知り合いの方々に、グアムまで行くのなら、ぜひサイパンへも行ってくるように、そして数珠とお線香は必ず持って行くように言ってください。兵隊さんや戦争犠牲の方々が、私どもを真面目に蘇らせる魂となって生きてくださっています。

今回、総勢四百人という数多い集団の中のことです。慰霊法要に関心をもたなかった若い人々もはじめのうちはいたようです。法要を目的として行ったのは百人でしたから。しかし回を重ねて全員が熱心に参加するようになってくれました。そんな若い人の感想にも、終わりには「我々の旅行は、慰霊法要によって意義がありました」ということが多かったそうです。まつりごとは大切ですね。

最後になりましたが、紙で仏像をつくり、ウイスキーのビンにおさめて、土中に、海中に、あるいは法要した所にお埋めし、またお流しするようにとお納めくださいました、東淀川の中村信義さん、確かにそうさせていただきました。また御回向《えこう》[5]のための般若心経のお写経をいただいた佐藤栄作前総理、かつら十日会会長の大沼浩二の御両氏、それに金沢の銘菓・千歳を全員に御供養いただき、また私ども僧侶が精進の料理に困らないようにと、お豆腐やひろうす、油揚げなどたくさん船に積み込んでくださった大阪の料亭・芝苑さん、お陰で最後までこれによるお料理で旅をさせていただきました。

こうした皆様方に誌上を借りて御礼申し上げます。

＊1洋上大学：中堅リーダー・勤労青年を対象にした海外研修（大阪府経営合理化協会主催、コーラル・プリンセス号船上）。著者はその講師を依頼された。

＊2印：印相、印契。仏教的な意味・意思を両手によりジェスチャーで表現するもの。

＊3表白：法会においてその趣旨や所願を表明すること。また、その文。

＊4田中総理が～：昭和四十九年（一九七四）田中角栄首相が東南アジア五カ国を歴訪した時に、日本の経済政策への反発により反日運動のデモ隊が暴動化した事件。

＊5回向：死者の成仏を願って供養（霊に供え物などをして冥福を祈ること）をすること。

防人の三十三回忌

〈歌と詩と叫びの手向け〉

私はこの（昭和五十二年）八月二十六日から九月一日までの七日間、戦没者慰霊法要で、東部ニューギニア、ラバウル、ガダルカナルへ旅してまいりました。

今年は終戦以来、まる三十二年、つまり三十三回忌にあたり、その上、ニューギニア、ラバウル、ガダルカナルといえば、ご存知のように大激戦地でもありましたので、法要のたびに涙、涙、涙……、もう本当に、それこそ涙の禊《みそぎ》をしてきた、そんな感じでございます。

私は過去五回、戦没者慰霊法要の旅に出かけておりますが、ニューギニア方面は今回が初めてでした。何故ここを選んだかと申しますと、私ども薬師寺の安田暎胤《えいいん》執事長[*1]（昭和十三年生まれ）のお父上がこのニューギニアで戦死しておられ、それで私はかねがね「金堂の落慶が無事に終えたら、君のお供をして一度ニューギニアへ、お父さんの慰霊法要に行こう」と約束していたからであります。

そんなこともあって今回の慰霊法要の日程は、すべて執事長が立てたものです。八月二十六日、午前十時半、私ども一行六十人は、鹿児島から一週間に一便というエアーニューギニー（ニューギニア航空）で一路、ニューギニアに向かって出発いたしました。

ニューギニア本島は日本の二倍もある大きな島ですが、その西半分を西イリアン[*2]（現在はまだインドネシアに属していますが、やがて西イリアンとして独立するのではないかと思います）、そして東半分、東部ニューギニアですが、この東部ニューギニアを中心にニューブリテン島、ブーゲンビル島、ニューアイランド島といった島々が一つになってパプアニューギニアという国が独立しています。パプアニューギニアの大きさは日本の約一・二倍です。その首府がポートモレスビーであります。

　鹿児島を出て六時間十分、私ども一行が最初に着いたのがポートモレスビーでした。もう夕方で暗くなっていましたが、私どもは早速そこのエラビーチという所で、暗闇のニューギニア全土に向かって祭壇を設けて慰霊法要をいたしました。お経が終わったあと、参列の方々が歌を、謡を、詩を、英霊に手向《たむ》けられました。

　安田執事長に「きみは歌が上手だから、お父さんにお経のつもりで聞かせてあげなさい」と申しました。彼は美声をはり上げ、お父さんの亡くなられた西イリアン（今回、西イリアン、つまり西部ニューギニアへは行くことができませんでした）の方に向かって*3「四弘誓願《しぐせいがん》」を唱えたあと「星影のワルツ」を歌いました。それは、南国の夜空に何の違和感もなく、みごとに吸いこまれていきました。歌い終わって次の歌が出るのを期待したのですが、暫《しば》し途切れて次の瞬間、彼は突然、夜空に向かって力いっぱい「お父さーんっ！」と叫んだのであります。夜の闇をつんざくような、まさに絶叫でありました。この絶叫は、真心のこもった歌声と共に、どんなにか彼のお父さんの御霊を慰めたことでありましょう。

〈飢餓島《ガダルカナル》へ〉

翌日、私ども一行はできる限り多くの場所で法要すべく二班に分かれ、一班はラエの方へ、そして私の班はガダルカナル、それからラバウルへと向かいました。

「さらばラバウルよ、また来るまでは……」（ラバウル小唄）の歌で有名なラバウルは、ニューギニア本島から北東に所在するニューブリテン島にあり、東京から約六千キロ離れています。そしてラバウルからさらに千キロ離れた所に、ちょうどサツマイモのような形をした島があります。これがガダルカナル島であります。

このガダルカナル島で実に二万三千人の日本の兵隊さんが亡くなっておられるのです。因《ちな》みに私どもが今回参りました南東太平洋方面全体では約二十二万人もの日本兵が亡くなっておられ、ニューギニアでは十三万人、東部ニューギニア方面で約十万人が亡くなられておられます。

この二万三千人のうち、本当の戦死者は五千人ほどで、あとは飢えからの病気やマラリヤなどの病気、餓死がほとんどであったのです。ですからガダルカナル島は「ガ島」と言われるけれども、あれは餓死の「餓」、飢餓の「餓」のガ島である、と言われたほどであります。

軍神、若林東一《とういち》中隊長も、食を絶たれ、弾丸尽き、米軍の包囲下、悲壮なる最後をこのガ島で遂げています。生き残った方々の記録を読んでみますと、とにかく弾薬、食糧の補給が続かない、運ぼうとしてもたちまちにしてアメリカ軍に撃墜、撃沈されてしまう状態で、一日分の食糧を三分の一にきりつめても、とても持ちこたえられるものではない。こうして一週間から十日間、絶食状態のままの戦闘が続いた……。まことに悲惨であります。

そんな中でも、みな決して利己主義に陥ることなく、たまたま手に入ったわずかの煙草を、一人でも多くの戦友を喜ばそうと一口ずつ分け合って吸いまわしをしたということです。こういった戦友、同僚を思う美しい浄らかな愛が、飢餓状態のガダルカナルに立派に生きていたのであります。

また、このガダルカナルにレッドビーチと呼ばれる海岸があるのですが、ここに日本軍が上陸しようとして沖合の船から上陸用舟艇を使っても、上陸するまでにアメリカ軍の餌食《えじき》になってしまうので、しまいには船ごと海岸へ接岸乗り上げを敢行しました。そんな日本の船の残骸が何隻も砂浜に、そのままの姿を今に晒《さら》しています。この浜でも夥《おびただ》しい数の日本兵の血が流され、そういったところから血染めの浜「レッドビーチ」と呼ばれるようになったのです。

このレッドビーチでの法要のあと、その時はもうみんな出るだけの涙は全部出しきった、そんな状態でしたが、鎌倉から参加した内川清一郎氏がこの島で亡くなられた轟《とどろき》万作海軍少佐（南東方面艦隊参謀、戦死して大佐）夫人のトシ子さんが作られた歌を節をつけて朗詠されました。

わが夫《つま》の　雄々しく散りし　ガダルカナル島　血潮の土ぞ　恋しかりける

内川氏の朗詠が終わった時、私はもう上を向いていても、いったん涸《か》れたはずの涙がまたとめどなく溢れ出てくるので、涙を払い落とすつもりでパッと下を向いたとたん、それまで気がつかなかった、どう考えても三十二年前の血潮に染まったとしか思えないような、ところどころ血潮の赤のあせた感じの小石が私の目にとびこんできました。私はこの小石を拾い上げて大事に持って帰りました。

信濃なる　千曲《ちくま》の川の　細石《さざれし》も　君し踏みてば　玉とひろはむ
（あなたが踏んだ石ならば、どんな小石でも光り輝く玉のように、いや、それ以上に恋しく、いとおしくてたまらない）

これは万葉集に出てくる歌ですが、先の轟未亡人の、〝あなたが勇敢に戦って亡くなったガダル島の土ならば、たとえ血潮に染まった土でも、恋しく愛おしくってたまらない〟、という歌と重なって思えずにはいられません。

防人《さきもり》に　立ちし朝明《あさけ》の　金門出《かなとで》に　手放れ惜しみ　泣きし児らはも
（いよいよ戦争に行くという朝、家の表で別れを惜しんで、なかなか手を放そうとしない妻や、これも万葉の歌です。今も昔も人の心に変わりありません。この歌と同じ気持ちで死んでいかれた方々が、今回私どもの参りました南太平洋方面だけで二十二万人もおられるのです。とにかく、ガダルカナル島は、もう島全体が日本兵の墳墓であるといっても、決して過言ではありません。

ガダルカナル島の隣りにサボ島という小さな島があります。この二つの島の間で激しい海戦があり、その海底には「鉄底海峡《てつぞこかいきょう》」と呼ばれるほど多くの日本をはじめとする、アメリカ、オーストラリアの船が、今も沈んだままになっているそうです。ですから、その上を船で通りますと、磁石の針は全部下をさして、まったく用をなさないそうであります。

今回私どもがお世話になりましたニューギニア航空のラスムッセンという機長さんは、ダイバーのライセンスを持っていました。その方がニューギニア周辺の海底に潜って撮ったという写真を三枚いただいたのですが、そこには日本の沈没船の中に眠ったままの、見るも無残な幾《いく》柱《はしら》もの御遺骨が写っていました。この写真を見るたびに、私はもう胸がつまって何も言えなくなってしまい、ただただ、ご冥福をお祈りするのみでありました。

ニューギニア沿海に撃墜された日本の飛行機が二千五百機、確認されて海中にあるそうです。

沈没船の数はまた無数だそうであります。この記録はかなり正確に、この機長の手許に保存されていると聞きました。それほど多くの船が沈んだままになっていて、その中には当然、数多《あまた》の御遺骨が眠ったままでおられるのであります。

先にも述べましたように、私たち一行は、できる限り多くの場所で法要をすべく、途中から二班に分かれたのでありますが、ガダルカナルで私の班は、船と若林軍神《ぐんしん》が戦死された見晴台、そして飛行機の、文字通り陸海空の三つに分かれて法要をいたしました。そのうち私を含む八人が決死の覚悟でセスナ機に乗り込み、空から全島と海上に地蔵供養*4をさせて頂きました。

そのセスナ機でガダルカナル島とサボ島の間のいわゆる鉄底海峡の上空を飛んだ時、上空であるにもかかわらず、磁石はやはりグーッと狂いました。私は「なるほど、〝鉄底海峡〟というのは決してオーバーな表現ではないのだ」との実感を強く抱きました。

〈無念なる思い〉

それからラバウルでは、戦後故《ゆえ》なくして八十四人の方々が処刑されたといわれる場所で法要をしました。ただ単に名前の発音が似ているから、あるいは顔かたちが似通っているからというだけの理由で、八十四人もの日本兵が処刑されたのです。堂々と戦っての戦死ならまだしも、その無念たるや、如何《いか》ばかりだったでありましょう。

無念といえば、兵隊さんばかりではありません。昭和二十年八月十七日、もう戦争は既に終結しているのに、ソ連は日ソ不可侵条約を踏みにじって、卑怯にも日本の領土だった樺太《からふと》へ攻め込んできました。樺太に住んでいた人たちは緊急避難せざるを得なくなり、泰東丸《たいとうまる》、小笠原丸、第二新興丸《しんこうまる》の三船に、女、子供、老人、病人などを優先的に乗せて北海道に向かったのです。そして八月二十二日、朝、三船は留萌《るもい》沖二十キロの所までやって来ました。住み慣れたふるさとをやむなく追われた傷心の避難者たちは、目の前に北海道の山々を見てホッとしたことでしょう。

ところがその時、すぐ近くに潜水艦が現れ、三船が掲げていた白旗を無視して、三船目がけて魚雷を発射したのであります。三船はみるみる沈没、二千人近い人命が無残にも一瞬にして奪われたのです。ひと目見て無抵抗とわかる船を……。卑劣極まりなきだまし討ちであり、大虐殺であります。

終戦三十三回忌を機に、この（昭和五十二年）七月二十五日、泰東丸の引き上げ作業が開始されました。ちょうどその日、講演のため留萌へ行きました私は、これも何かのお引き合わせに違いないと、泰東丸が沈んでいる一番近い地点まで連れていってもらい、お経をあげてまいりました。そこには三船遭難の碑が建っており、「国籍不明の潜水艦の為……」と書かれてありました。「国籍不明」……。私たち日本人は、何故このようにいつまでも、不可侵条約をも平気で踏みにじるような卑劣この上もないソ連に対して、遠慮しなければならないのでしょうか。まる三十二年間、国籍不明の潜水艦などと、尊い生命を奪った元凶をうやむやにされたまま海底に眠る二千の御霊の悔しさ、無念さ、それは想像を絶するものでありましょう。

その日の講演は留萌の方にはお気の毒でしたが、いつものような冷静な気持ちで話すことなど、とてもできませんでした。そして私は三船遭難のことに触れて「口惜《くや》しい！　このひとことだけを残して演壇を降りたい。これが今の私の気持ちです」と話したことでありました。

その夜、泰東丸の引き揚げ作業は、新聞やニュースでご存知の方もあるかと思いますが、波が荒いため打ち切りとなりました。三船の遭難者は依然、海底に眠ったままであります。

こういったことがあった直後の慰霊法要、それだけに日本を遠く離れた、はるか南のニューギニア、ガダルカナル周辺の海底に、今も眠ったままの無数の御遺体を思うと、万感一入《ひとしお》、胸に迫るものがございました。そして帰国の際、そうした御遺体をそのままにして、私どもだけが祖国日本へ帰ってよいのだろうか、何とも言えないうしろめたさとともに、本当に申し訳ない気持ちでいっぱいでありました。

聞くところによりますと、政府は戦没者の遺骨収集は、もう今年で打ち切りにするとか……。しかし、いくら三十三回忌がすんだからといって、このまま放っておいてよいものでしょうか。日本が貧乏な国ならともかく、今の日本はかつて誰もが経験したこともないような繁栄の中に浸りきって、その中で私たち日本人は贅沢三昧の生活を送っているではありませんか。そして、日本の国の何たるかもわからないような輩《やから》が大勢、次から次へと外国へ行って、大事な外貨を浪費しているではありませんか。

このような繁栄はすべて、大勢の戦死された方々の犠牲の上に成り立っているのであります。遺骨収集、慰霊法要は何をおいても続けねばならない、続けるべきであります。この海底に沈む御遺骨のお写真を拝んで下さい。むしろ遺骨収集は三十三回忌を機に、これからであります。戦死された方々はすべて、祖国日本を、年老いた両親を、幼い弟妹を、いとしい妻や子を、忘れ得ぬ恋人を守るために亡くなられたのです。決して無駄死、犬死ではありません。

東洋の国々が、そうして植民地として呻吟《しんぎん》してきた人々が民族の意識に目覚めて、独立して自分たちの国を築きつつあること、この礎《いしずえ》は英霊の*5不自惜身命《ふじしゃくしんみょう》の犠牲によって築かれたものであります。また、私どもに平和の大切さ、尊さ、これをしっかりと生活する精神によって守ることの大事さを、命をもって教えてくださっているのが英魂《みたま》であります。

平和と繁栄に慣れてしまって、便利や贅沢やエゴのかたまりである欲望に惚《ほう》けて、この命がけの御教《みおしえ》を聞く精神の緊張を失っているのが、私ども今の日本人の大半であります。

今回、私ども一行は二班に分かれ、合計二十二、三カ所で法要をいたしましたが、今回にかぎらず、いつも慰霊法要のたびに私は、「俺たちは生きて国のために役立つことはできなかった。

その代わり君たち、今生きている日本人が、力を合わせて俺たちの分まで、少しでもお国のために、子孫のために、いい世の中をつくってほしい」との声が強い願いとなって、どこからともなく聞こえてくるように思えてなりません。私たち今の日本人が、この願いを聞くことのできる、真面目な日本人に立ち返ることを、心あらたにお誓いせずにはいられません。

今回の東部ニューギニア、ガダルカナル、ラバウルの戦跡慰霊法要の旅を終えて、なお一層その感を強くしたことでございました。

＊1金堂の落慶：昭和四十二年に写経勧進による薬師寺金堂復興発願がなされ、昭和五十一年に再建されて落慶法要が執り行われた。

＊2西イリアン：イリアンジャヤ。現在、インドネシア領パプア州（州都ジャヤプラ）と西パプア州（州都マノクワリ）。

＊3四弘誓願：仏教を信ずる者として初めに行うべき四つの基本的な誓い。

一、衆生無辺誓願度《しゅじょうむへんせいがんど》　生きとし生けるものを悟りの境地に救う誓い。

二、煩悩無尽誓願断《ぼんのうむじんせいがんだん》　尽きる事のない煩悩を断つ誓い。

三、法門無量誓願学《ほうもんむりょうせいがんがく》　数限りない仏の教えを学びつくす誓い。

四、仏道無上誓願成《ぶつどうむじょうせいがんじょう》　このうえない悟りに達しようとする誓い。

＊4地蔵供養：地蔵流し。地蔵菩薩の御影を刻んだ印を紙に捺し、川や海に流して行う供養。

＊5不自惜身命：法華経寿量品自我偈の一句。「自分の身体と命を惜しむことをせず」という意。

これでいいのだろうか

〈ジャパンナイト〉

「来年もう一度、必ずお参りに来ます」――。英霊とのお約束を果たすため、私は去年に引き続き今年（昭和五十三年）も、ニューギニア、ガダルカナルなど南東太平洋方面、そして今年は、初めてオーストラリアのカウラへも戦没者慰霊法要に出かけました。私にとっては、八回目になる慰霊法要の旅でした。しかし行けば行くほど行き足りなく、すればするほどし足りない気持ちになるのが、慰霊法要の常であります。

本隊の方は八月二十二日、鹿児島から週一便のニューギニア航空で、パプアニューギニアの首都ポートモレスビーへ向かったのですが、私は一足早く八月十七日夜、まずアメリカへ出発、アメリカで用事をすませてからオーストラリアに向かい、二十五日にカウラで本隊と合流いたしました。この慰霊法要については、後に詳しく述べさせていただくとしまして、その前にアメリカでのお話を少し申し上げておきたいと思います。

今回のアメリカ行きの目的は、在米日本人の方々を対象に、ロスアンゼルスで二カ所、サンフランシスコの隣りオークランド、そしてロスアンゼルスとサンフランシスコのほぼ中間にある日本人移民農家の中心地ともいうべきフレスノ、この計四カ所で、仏教会主催による講演をすることと、ロスアンゼルスから車で一時間のアナハイム球場で、アメリカン大リーグの公式試合、ニューヨーク・ヤンキース対カリフォルニア・エンゼルスの始球式をすることでした。

この始球式は、エンゼルスのオーナーからのお招きでありました。大の野球好きの私のこと、まして春・夏、甲子園の高校野球大会の開会式を見るたびに、この時だけ文部大臣になって始球式をやりたいものだと思っていたほどの私です。野球の本場アメリカで、しかも大リーグの始球式をやりたくないはずがありません。二つ返事で引き受けたいのが本音ではありますが、[*1]西塔再建《さいとうさいこん》を目指して大勢の方々にお手伝いをいただいている折柄、アメリカまでわざわざ球投げに出かけるなどとてもできないことです。私は一度ならず二度までもお断りしたのですが、先方はなかなか諦めてくださらない。そうこうするうちに仏教会から、アメリカへ講演に来てもらえないかとのお話が持ち込まれました。

昭和四十七年、やはり仏教会からお招きを受けて、初めて私はアメリカを訪れ、ロスアンゼルス、サンフランシスコで講演をしたのですが、幸いそれが好評で、またもう一度来てほしいということになったのです。ちょうど始球式のスケジュールとも合うし、講演に招かれたのなら単なる球投げだけの訪米ではない、立派に大義名分が立つ、私はこれこそ仏様のおはからいであると喜んでお引き受けした次第です。

お約束の四カ所で講演を終え、二十二日（日本では二十三日）、待望の始球式の日がやって来ました。

アナハイムは、招待してくださったエンゼルスのホームグラウンドです。小さい時からベーブ・ルース、ゲーリッグ、ゴーメッツなど、ヤンキースの選手たちの名に親しんでおりましたので、昭和九年以来のヤンキース・ファンです。しかし、私を招待してくださったのは、エンゼルスですから、この日だけはエンゼルスを応援せねばならぬ羽目になりました。

七時半からのナイターですが、「ジャパンナイト」と銘打っての公式試合だけに、早くからいろいろと催しがあって、試合の始まるころにはスタンドは超満員の盛況でした。その中には約四、五千人の日本人がおられたのではないかと思います。一世、二世の在米邦人をはじめ、フジテレビが夏休みを利用して募集した、日本からの親子連れの団体客もかなりいらっしゃいました。

いよいよ始球式をする時になって、私は緊張しました。それは何故かと申しますと、ジャパンナイトということで、試合開始前、大きな日章旗がダイヤモンドの中央に飾られ、君が代が斉唱《せいしょう》されたのです。私はすっかり感激して、厳粛な国際的な式典の中に身を沈めているような気持ちになりました。

その直後の始球式。しかも、守備のチームがグラウンドへ各々散って、攻撃側のチームの打者が打席に入ってかまえているところへ投げるという日本の始球式と違って、私一人がマウンドに上がるんです。そしてキャッチャー一人、じっとかまえて待ってくれている。本当に緊張しました。

そのせいか昼間、同じマウンドに上って練習をした時は、十球のうち七球までがみごとなストライクだったのに、本番では惜しくもキャッチャーの少し前でショートバウンドしてしまいました。緊張のため、肩に思わず力が入ったんですね。しかし私は負け惜しみではなく、たいへん満足しております。あの時、あの場所で、あの雰囲気の中で緊張も感激もしないような私であったとしたら、自分自身を軽蔑しなければならないと思います。

翌日、私のところへ在留邦人一世、二世の方々がお見えになり、「昨日のジャパンナイトは本当に素晴らしかった。ずいぶん長い間アメリカにいるけれど、昨夜のように感激したのは初めてです。生まれ変わったような気持ちになりました。管長さん、始球式をしていただいて本当にありがとうございました」と涙を浮かべてお礼を言われました。

日本のチームが行って試合をする場合なら、日章旗が掲揚《けいよう》され、君が代の斉唱もあり得ましょう。しかしアメリカ人の、誇り高きアメリカンリーグで、その公式試合に日の丸と君が代、そして日本人による始球式です。ながらく米国でご苦労された在留邦人が感激されたお気持ちが痛いほど察せられました。始球式をお引き受けして本当に良かったと思いました。

これを済ませて、私はアメリカをあとに戦没者慰霊法要のため、オーストラリアに向かいました。禅を通して仏教の弘布《ぐぶ》につとめておられるニューヨーク禅堂の嶋野榮道《えいどう》師も、慰霊法要に参加したいといわれ、ご一緒してくださいました。ちょうど一カ月前に日本に帰ってこられた時、南東太平洋方面慰霊法要の計画と昨年の体験を話したところ、嶋野師がどんなことをしても自分も参加したいと仰言《おっしゃ》ってくださり参加されたのです。

〈カウラ事件〉

さて、アメリカからオーストラリアまではたいへん遠い。途中、飛行機の中で私はつくづく思いました。

戦後三十三年、日本はめざましい発展を遂げて、今では、はるばる太平洋を越えてアメリカまで野球見物に出かけられるような繁栄と平和の中に浸りきっている。しかし、この影には大東亜戦争で二百五十万人もの方々が尊い生命を落とされたという悲惨極まりない犠牲があったのだ、その犠牲の上に現代日本の平和と繁栄があるのだ、ということを私どもは決して忘れてはならないのだ。そしてまた、そういった意味で先にアメリカを回ってのちに慰霊法要に行けることは、私にとって極めて意義深いことであるとも思いました。

こうして二十五日、オーストラリアのカウラで本隊と合流したのですが、カウラはシドニーから二、三百キロ離れた内陸部にある町で、ここにガダルカナル、ニューギニア方面で捕虜となった日本人の収容所があったのです。

オーストラリアの人々はとっても親切です。ですから捕虜として収容されてはいても、その生活はトランプやキャッチボールなども許された、非常にくつろいだものであったそうです。ところが当時、日本の軍人には「戦陣訓《せんじんくん》」*2というものがあって、特にその中の「生きて虜囚《りょしゅう》の辱《はずかしめ》を受けず、死して罪過の汚名を残すこと勿《なか》れ」という一節が徹底的に教育されており、生きて捕虜となることは軍人にとって最も恥ずべきことだったのです。

そういうわけで、いくらくつろいだ収容所生活をしていても、「自分たちは捕虜なんだ」との思いが頭から離れず、そんな折たまたま日本軍がオーストラリアに上陸してきたとか、来るとかいうデマが流れました。流れたものか、あるいは故意に流されたものかはわかりませんが、そういうことがあって、野球のバット、食堂にあるフォーク、ナイフなど、それらだけが武器です、これをもって集団事件がおきたのです。

みんながみんな、この事件に積極的に参加したわけではなく、慎重派の方もおられたそうですが、食い止めることができなかったのでしょう。気の毒なことに、この事件で二百四十七人の日本人が亡くなられました。オーストラリアの人も四名亡くなっておられます。

そしてさらに悲惨なことに、亡くなられた二百四十七人すべてが捕虜であるということで、本名を明かしておられなかったのです。極端にいえば、「源義経」「林長二郎」といった偽名でありります。

これを日本軍人の武士道のあらわれとして受けとめ、カウラの人々はお墓をつくり、現在も実に丁重にお守りしてくださっているのです。どなたがお祀りされているかわかりません。しかし、南方の異国で劇的な集団死を遂げた日本人が、その土地の人々によって手厚く葬られ、お祀りされていることは有り難いことです。今ではその後、オーストラリアで亡くなられた日本人のお骨もそこへ集めて、全部で五百数十名の方々の墓地になっています。

去年慰霊法要に参りました時、共同通信のシドニー支局長をしている鈴木顕介氏がポートモレスビーの私の宿舎で、「ニューギニアまで来たのなら、カウラへ寄ってほしかった」といわれました。そして、このカウラの劇的な集団死を遂げた日本人の話を聞かされ、そして毎年丁重に慰霊祭も行われているという話も聞き、これはなんとしても、私もお礼と慰霊に行かねばと思ったのです。これが今年のカウラ行きまでの経緯であります。

カウラは人口七千八百人の町です。この町の外れに、土地の人々の墓地に隣接する管理もゆき届いた、ゆったりと一人ひとりのお墓がならんだ場所にお参りした時、温かくお守りをしていただいている気持ちがすぐにわかりました。

私ども一行三十五名を、その墓地公園で迎えてくださったのはベネット市長、この方は女性です。また、この墓地建設に最初から奔走してくださった前市長のオリバーさんなど、カウラ市の有力者や関係者五十名ほどの方が集まって、二時間におよぶ法要に最後まで参列してくださいました。本当に心の温かい人々でありました。

〈海行かば、山行かば〉

さて、昨年も参りましたニューギニア、ガダルカナル周辺には、現在確認されているだけでも二千五百機もの日本の飛行機が海中に撃墜されたままであり、沈没した日本の船は数え切れないほどであります。そしてその中には、「海行《ゆ》かば水漬《みづ》く屍《かばね》」そのままに、今も累々《るいるい》たる御遺骨が眠ったままでおられます。

海中だけではない、陸でも「山行かば草生《くさむ》す屍」そのままに、地肌一枚めくれば未だに累々たるお骨が掘り出され、一歩あゆむその土の下が墳墓そのものであると申してもよい状態であります。

去年は現地の方のご好意で、海中に沈んでいる船の上に五輪塔を立てて海中法要をさせていただきましたが、今年は私の弟子が海中法要をかって出てくれました。彼は北九州若松で代々続いているサルベージ会社の社長でもありますので、専門のダイバーを連れて同行してくれたのです。今回の慰霊法要では、彼の会社の社員であるダイバー二名を連れてきてくれ、海中に沈んでいる艦船の回向を、水中にもぐって丁重につとめてくれました。

東京から参加した田鎖《たぐさり》君という青年は四十歳近く、未だに独身であります。お父さんがガダルカナルで亡くなられたのですが、そのことがどうしても信じられず、というよりも信じたくないんですね。そこでガダルカナルへ一度行ってみて、父親の死を確認するまでは結婚しないという、そんな、そして真面目な青年でした。しかし現地へ行って何度も法要に接しているうちに、父親の生存は、これはもうとても信じられないという気持ちになっていったようです。法要にはもちろん参列していますが、初めのうちは父親の回向《えこう》という気持ちよりも、訴えるような、捜しもとめるような、なにかそういう感じの姿に見受けられました。終わりの頃には、回向を受ける側の気持ちになって、鹿児島の空港で別れる時、「もう一度ガ島へ行きます」と話していました。

ガダルカナルは餓死の島のガ（餓）島だといわれたほど、撃つに弾丸なく、傷ついて医療品なく、食べるに一粒の米もなく、といった中でマラリヤや爆撃にさらされての極限状態を彷徨しながら、実に二万人余の方が命果《は》ててゆかれたところです。

米の飯　食いたしと言うばかりにて　友と一夜は　語り明かしぬ
勝つまでは　きっと死ぬなと　いう兵の　顔の日に日に　痩《や》するは淋し
米なくば　椰子《やし》をくらいて　椰子なくば　草の葉かみつ　戦いて病めり

こうしたガダルカナルで多くの部下を亡くし、おめおめと日本で暮らしているわけにはいかないのだと、細川直知《なおのり》氏（陸軍の参謀としてガ島作戦に参加された方）は、奥さんとともにガ島に住み、部下や戦友の遺骨を集めてお祀りし、いわゆる墓守《はかもり》の生活をしておられます。最近新たに掘り出されたお骨をお祀りされていると聞き、お宅へお参りに伺いましたが、四人の方のご遺骨が袋に納めてお祀りされていました。個人のお宅ではあるけれども、一室は納骨室、まさしくお廟《びょう》でありました。

〈南十字星を見つめて〉

慰霊法要というものは、お経をお唱えするだけではありません。読経のあと、お参りのみなさんがそれぞれ、夫に、父に、戦友に、兄弟に……、思い出の歌を、詩吟を、謡《うたい》を供養されます。歌も詩吟も謡も、これすべて手向《たむ》けのお経と化すのです。

昨年は旅程一週間の慰霊法要でしたが、今年は半月にわたって三十数回、随所で法要をさせていただきました。朝は朝露を踏み、日中は灼熱の太陽を浴び、夜は南十字星を仰ぎつつ、あるときは野に、そして高地に、さらには潮騒にわだつみを思いつつ海辺にて、と法要をつづけました。

一カ所二時間前後の法要の中、お経をあげては泣き、手向けの歌を歌っては泣き、それこそ涙の禊《みそぎ》でありました。この涙が、ここに眠る父、夫、兄弟、戦友への何よりの供養になるのだと強く思いました。

「防人《さきもり》に　立ちし朝明《あさけ》の　金門出《かなとで》に　手放《たばな》れ惜しみ　泣きし児らはも」と万葉に歌われた、防人さながら別れを惜しんだ妻子の面影を胸に、出征していかれた兵士たちの心中は如何《いか》ばかりであったでしょうか。

今回の一行中でも、やはり夫の面影を胸に、その夫が戦死した土地にどうしても行きたい、そんなご婦人の参加が、なんといっても多うございました。昨年は七日間の旅程であったので、休暇をとって同行された大阪のご婦人は、今年は半月も休暇をとるのは気がひけるからと勤め先に退職願を出して、再び亡き夫の慰霊にお参りに来られました。

ガダルカナルで、その日の最後の法要を終え、バスで宿舎へ帰る途中、日はとっぷりと暮れていました。「星影のワルツ」ではないけれども「今夜は星が降るようだ」さながらの、満天に星満つ夜空でした。真暗闇の椰子の林の中、一筋の道を車のライトだけが頼りというホテルへの道の一時間以上の移動でした。林の中を蛍が行きこうていました。

南十字星はやや低いところに出ます。ですから椰子の葉陰に見え隠れするのです。そのご婦人は、車窓からその椰子の葉陰を通して見え隠れする南十字星を、額を車窓のガラスに接してじっと見つめていられました。私の後ろの車席に座られていました。

私も南十字星を見やって、後ろを向いたその刹那のことでした。車のライトの加減で照らし出されたそのご婦人の頬に光が流れるのを感じました。そんなお姿に思わず「思い出してられますか」と声をかけてしまいました。

「あの人からの手紙には、かならず南十字星のことが書いてありました。〝今日はお客さん（敵機）が多かったので南十字星が見えなかった〞と書いてあったこともありました……」

このお方の御主人は、結婚の話があって間もなく召集令状がきて、式を挙げた夜、浜松で入隊されたそうです。そして三カ月の訓練があって外地へ出ることになり、三日間の休暇を得て帰ってこられたのですが、この三日間がこのご婦人の生涯における結婚生活のすべてであったのです。この三日間の結婚生活に全生涯を捧げておられるのです。ですから、南十字星はこのお方にとっては、深い深い亡夫との語り合いのよすがであったのです。

光が頬を流れたのも当然でありました。翌日、日中の法要が済んだあと、一枚の紙片を手渡されました。そこには、

征《ゆ》きし日の　面影慕い　ひれ伏しし　南の島の　砂の熱さよ

と、一首がしたためられていました。

赤道に近い浜辺の砂は確かに熱うございますが、この「砂の熱さよ」の熱さは物理的な熱さや熱量的なものではなく、この人ならではの人生をこめた思いの熱さであり、思いの深さであ

りました。この砂の熱さには、遺族でなければ味わいかつ理解することのできない、いろんな深い意味がこめられていると思います。南十字星に心を傾けて、偲《しの》びに偲んでおられたその姿に「思い出してられますか……」、私はなんとも不用意な言葉をかけてしまいました。

〈亡き夫への思い〉

それにしても、人の身になりきるということは、本当にたいへんなことなのだとしみじみ感じています。慰霊法要の旅を重ねつつ、私は遺族の身になりきっているつもりでありましたが、なかなか……。自分でそう思っているだけで、遺族の方々の深い深い悲しみの中に身を沈めるなど、とてもできるものではありません。

かなしみの　淡きがかなし　夏木立

これは嶋野榮道師のお師匠さんであります中川[*3]宋淵《そうえん》老師の句です。まったくその通りだと思います。いくらその人の身になって悲しんでいるつもりでも、当事者本人の悲しみには到底及ばないのであります。お釈迦さまは人の身になりきってあげることのできたお方です。そんなお釈迦さまの御精神が「観音経」に出てまいります「三[*4]十三化身《けしん》十九説法」なんです。しかし私ども凡夫《ぼんぷ》は人の身になりきることなど、とてもできたものではありません。人の身になって考えているのに……、などと思うこと自体、とんでもない思い上がりです。もっともっと謙虚になるべきであると思いました。

次に、また別のご婦人は、婚約中に戦地へ出られた御主人と、どんなに遠く離れようとも、毎日同じ時間に、戦地の夫とお互いに思い合いながら「愛染かつら」[*5]を歌い合っていたと語られました。この方は「主人のいたこの戦地が、第二の故郷のように思えます」と、「愛染かつら」を歌いながら涙を流しておられました。

この婚約者は無事復員され、そして結婚し、事業にも成功して幸せに暮らしておられたのですが、七年前に御主人は亡くなられたそうです。子供が大きくなって手がかからなくなったら、一度二人で、かつての戦地を訪れようと話し合っておられたのですが、ついに実現しなかった。そんな夫の遺志を継いで、今回の慰霊法要に参加されたのだということでした。

名古屋の花井徳子さんは結婚生活十カ月、御主人がガダルカナルの野戦病院でお亡くなりになりました。暗闇の椰子の林の中でその病院跡を通った時、マイクロバスを止めて、ロウソクとお線香の明かりで「般若心経」を読誦《どくじゅ》いたしました。今はお孫さん二人にも恵まれた花井さんですが、八十八歳になっておられる御主人の御母様にお仕えになっておられます。

横浜に美容室を経営している菱沼秀子さんは、二年半の結婚生活で、御主人が戦死されて、その方面への慰霊法要ということで参加されたお方でした。菱沼さんの御主人は長男でありましたが、弟さん三人も戦死され、さすがに気丈《きじょう》なお方であった御主人の母堂も弱られたそうです。そのお母さんと、幼なかった末の妹さんを養育するために、美容の術を身につけ美容室を始められたのでした。数年前に亡くなられたそのお姑さんの遺影を抱いてのご参加でした。人には気づかれぬよう、亡くなられた方に向かって涙の供養を続けられた姿に、健気《けなげ》にも、しかし、しっかりした「日本の妻」を垣間見した思いがいたしました。こうしたご婦人の、そして母親の真面目な精神の強さが、戦後の日本をも支えてきたのだと強く感じずにはいられませんでした。

日本人戦死者が多数であった場所に〝戦没日本人収骨之碑〟あるいは〝戦没日本人の碑〟など、日本政府建立の碑が草むらの中に建っていました。しかし、これは建てるだけであとはまったくの他人任せの状態、心のこもらぬお役所仕事に砂を噛《か》む思いがいたしました。同じニューギニアのラエには、連合国の戦没者の広々とした立派な墓地があります。せめて、慰霊法要に来られた遺族の方々が心に安らぎを得ていただける慰霊塔を建ててもらいたいと思います。現在の日本の国力からすれば、それぐらいは容易なことのはずです。これは慰霊のために彼地を訪れるすべての人々共通の気持ちだと思います。

〈地獄の思想と極楽の教え〉

私どもは今、あまりにも今日の平和と繁栄に慣れすぎてしまってはいないでしょうか。この慣れし心の驕《おご》りにこそ、後世あるいは来世の恐ろしさが思われてなりません。現代日本の平和と繁栄の底には、私どもの身代わりとなってくださった二百五十万人もの人柱《ひとばしら》のあったことを決して忘れてはならないのです。

来世というのは必ずあります。私どものかわいい子供、孫、曾孫《ひまご》……、これは私どもの確実なる来世ではありませんか。この来世とか、あるいは地獄極楽といったことを無視することが、現代人の教養であり資格であるかの如き誤った考え方の横行している今の世の中です。

古来日本人は、地獄の思想で倫理観を支え、極楽の教えで宗教的情操、温かい思いやりの心を養ってまいりました。こうした地獄、極楽をおろそかにしているところに、今日の日本人が思いやりのない、倫理観に欠けた国民になりつつある最大の原因があるのです。これこそ来世、私どものかわいい子や孫、曾孫の住む世の中を地獄の苦しみに陥れる犯人であります。

来世を極楽の如き住みよい世の中にするか、地獄のような恐ろしいものにするか、現在生きている私どもの心がまえと、心づかいがこれを決めるのです。私どもが今のこのままの状態でいては、日本民族の歴史、過去や未来に申し訳のないことになりかねないのです。

私どもは一体これでいいのだろうか、といった反省や懺悔《さんげ》をたえず繰り返しつつ、かわいい子供、孫、曾孫が住みやすい世の中、これは言い換えれば私どもの身代わりとなってくださった魂をお迎えするに相応《ふさわ》しい世の中でありますが、そのための努力を惜しんではなりません。これが今後、私どものなすべき当然のつとめではないでしょうか。慎み深い私どもの態度、姿勢に気づかねばならないと思うことしきりであります。

＊1西塔再建：享禄元年（一五二八）に兵火で消失していた薬師寺西塔の復興事業。金堂復興に続き、昭和五十六年に再建。
＊2戦陣訓：軍人としての行動規範を示した文書。（本訓其の二、第八「名を惜しむ」）の項にある「恥を知る者は強し。常に郷党家門の面目を思ひ、愈々奮励して其の期待に答ふべし。生きて虜囚の辱を受けず、死して罪過の汚名を残すこと勿れ」の一節。
＊3中川宋淵（一九〇七-一九八四）：臨済宗僧侶、龍澤寺住職。山本玄峰の法を継ぎ、飯田蛇笏に師事して俳禅一如の俳句を詠んだ。
＊4三十三化身十九説法：観音菩薩が衆生を済度するために、その人に応じて三十三の変化身を現し、十九の場面において説かれた観音経の真髄。
＊5愛染かつら：『愛染かつら』（野村浩将監督、田中絹代、上原謙主演）映画の主題歌「旅の夜風」〈花も嵐も踏み越えて　行くが男の生きる道〜〉（作詞・西条八十、作曲・万城目正）

ニューギニア島・ガダルカナル島方面
南東太平洋方面　慰霊巡拝法要結願文

謹《つつし》み敬って周遍法界摩訶毘盧遮那因縁果満盧遮那界会《しゅうへんほっかいまかびるしゃないんねんかまんるしゃなかいえ》、霊山《りょうぜん》浄土一切三宝の境界《きょうがい》に曰《もう》して言《もう》さく。

方《まさ》に今、比丘《びく》、比丘尼《びくに》、有縁《うえん》の善男子《なんし》善女人《にょにん》ら相集り相来たりて祭壇を設け、一座の法筵《ほうえん》を催し御座す事有り。其の志趣や如何《いかん》ともなれば夫《そ》れ、大東亜戦争戦没者慰霊法要の砌《みぎり》なり。

伏《ふ》して惟《おもんみ》るに、一行三十五名八月二十日、敷島《しきしま》日の本を立ち出でここに、半月、朝に露を踏み、夕には南十字星の下、慰霊を重ねること三十余度、此《こ》処に結願《けちがん》をブーツのこの地に敷く。

顧みれば三十有余年の前《さき》、東亜共栄の下、参じて散華《さんげ》する日本の将兵勇士二百五十万人になんなんとす。就中《なかんずく》、南東太平洋方面二十二万人、或いはガダルカナルの土を染め、或いはスタンレーの雪中、パプアの灼熱、鬼神も哭《こく》するの苦戦呻吟《しんぎん》、再び立つ能《あた》ふことなく異土の地と化す。思うて悚然《しょうぜん》たらざるを得ず。

かくして我ら僧俗、縁を結して遺族、戦友ら、夫を、はたまた父を、更には友への思い胸に焦《こが》して来り、霊地に伏する事あり。経を誦《じゅ》し、歌、謡《うたい》を手《た》向《む》くの供養、自然に涙す。涙、灼熱の太陽をくもらす雲となる。

幾十度、千歳を重ねて未だ祇徊《ていかい》去る能《あた》はざらしむの思いすると雖《いえど》も、今、期して結願の回向《えこう》を至心《ししん》に恭敬《くぎょう》せんとするものなり。身心の限りを尽し、供養回向の礼拝に捧ぐ。

願わくは泱々《おうおう》たるかな太平の洋、陽々たる碧空《へきくう》、緑々たる大地相和《あいわ》し、以《もっ》て人柱となりて八紘一宇《はっこういちう》、世界平和に殉ぜし我らが勇士を冥土の幸に導くの供養を能引し、英霊の荒ぶる御魂《みたま》を睦魂《むすだま》に導き、よろこび胸に溢れしめ給へ。

重ねて乞ふ、護国の英魂、四諦《したい》の法路に覚め、更には兜率《とそつ》の覚路《かくろ》を成就し、祖国の究竟《くきょう》を憐愍《れんびん》せしめ給へ。

我らまた日本国民、平和と繁栄に慣れし心のおごり、その報い恐しと思ふの現今なりと雖も、ながき世のながらへの幸福を願い、絶ゆる隙なく平和を心に唱え、勇士の霊を我らが魂の核たらしめんことを誓ひ奉るなり。

伏して願主らの願いを哀愍納受《あいみんのうじゅ》せしめ、更には遺族らの思いを納饗たれたまわらんことを。

乃至《ないし》法界《ほっかい》怨親《おんしん》彼我《ひが》平等《びょうどう》利益《りやく》

敬白

シベリア慰霊法要の旅

〈シベリア抑留〉

私はこの（昭和五十四年）七月末から八月初めにかけて、シベリアへ慰霊法要の旅に行ってまいりました。七月二十七日、新潟空港から日航機で二時間、シベリア東部のハバロフスクに着きました。そこからブラーツク、イルクーツク、そして中央アジアのタシケントへとまわってきたのですが、とにかくソ連（現ロシア連邦）は広くて大きいです。

アメリカにしても中国にしても、日本の二十五倍乃至二十六倍ですけれども、ソ連は六十倍もあるんです。バイカル湖ひとつをとっても琵琶湖の五十倍ですからね。その大きさ広さたるや、おおよそご想像いただけると思います。このように広大な国土を有しながら、本来日本の領土である歯舞《はぼまい》、色丹《しこたん》、択捉《えとろふ》、国後《くなしり》といった小島を返還しようとしないソ連という国は、なんと貪欲な国だろうかとはよくいわれるところです。

領土だけでなく、日本の北洋漁業の死活に関わる二百海里《かいり》の問題にしても、ソ連が自国の領土から二百海里は厳しく規制しておきながら、日本の沿岸からの二百海里は認めようとしない、つまり国際法を無視し踏みにじって恥とも思わぬ、そういう国であります。

昨日、私は北海道の浦河《うらかわ》、静内《しずない》での講演を終えて帰ってまいりました。浦河、静内は鮭、コンブ漁など北洋漁業の中心地ですから、二百海里問題をもろにかぶって大きな犠牲を強いられているところです。日本の二百海里領域内で操業していたにもかかわらず、ソ連の監視船に拿《だ》捕《ほ》され、有無をいわさず向こうへ連れて行かれて多額の罰金を化せられる……、このような理不尽な行為が平気でまかり通っているのです。

水産庁へ訴えても北海道庁へ訴え出ても返事はない。共産党にかけ合っても知らぬ顔。そればかりか、日本側が北方領土返還のデモをやったり、あるいは新聞などがソ連に都合の悪い記事を報道すると、たちまちにして報復をうけるのであります。それも二百海里を侵犯していない漁船を拿捕したり、その周辺で演習をして漁船が操業できないようにしかけてきたり、見えすいた弱いものいじめの姑息な手段で仕返しをしてくるのです。ですから、なまじ領土返還のデモなどしないでそっとしておいてほしい、そのほうがどれだけ我々漁民が助かるか、ということを浦河、静内の地元の人たちはしみじみと言っておられました。

このように、同じ日本人でも内地の人には想像もつかないような苦しみ、屈辱を味わわされている人たちがあるのだということ、これは日本人すべてがもっと真剣に考えねばならないことであると痛切に感じました。

今度慰霊法要に参りましたシベリアにしても、ここで亡くなられた方々は直接、戦争が原因ではありません。戦争が終わった後、軍人、民間人を問わず六十万人、あるいは七十万人（記録では四十七万人余となっていますが、それは確認された数であって、実際には六、七十万人と思われます）もの我々の同胞が、戦後のどさくさにまぎれて強制的にシベリアへ連れて行かれ、収容所へ入れられて労働に従事させられたのです。その結果、厳しい労働と飢えと寒さのために、どれだけ多くの日本人が無念の涙をのんで亡くなっていかれたことか。収容所によっては五割以上、六割もの方々が亡くなられた所もあったということです。

一応の数字は四万五千人ということになっていますが、おそらく十万人近い方々が亡くなっておられるのではないかと思います。戦争によって亡くなられた他の英霊と違って、戦争が終わって後、故《ゆえ》もなくソ連軍に捕えられて、理不尽で過酷な労働を強いられて亡くなっておられるのです。私は何も故意にソ連の悪口を言っているのではありません。厳然たる事実を述べているだけです。

〈同胞の御霊〉

私はシベリアへの慰霊法要は二度目です。先年初めて彼地へ法要に行った時、ご遺族の方からお預かりしていった戒名や手紙を読みながらバスにゆられていたのですが、突然、何かにしめつけられるように息苦しくなって声を出そうにも出なくなってしまいました。しかし私は夢中で心の中で、声にならない声で般若心経を唱えました。そして最後の「羯諦羯諦《ぎゃていぎゃてい》……」の頃になって、氷が溶け始めたかのように、やっとお経が声となって出てきたのです。

そのとき私は、シベリアには怨念となって残っておられる同胞の御霊が大勢おられるんだということを強く感じました。そして、ここへはもう一度ぜひ、法要に来なければならないと思いました。それが今回のシベリア慰霊法要の旅でありました。

バイカルの　水面《みずも》をわたる　風にさえ　なき同胞《はらから》の　望郷の声

これはバイカル湖畔での法要の後、同行の内川清一郎氏（大正十一年生）が朗詠すべく作られたのですが、とても朗詠どころではない、節はついているけれども涙でとぎれとぎれの語り、声のふりしぼりでしかありませんでした。

このバイカル湖での法要の最中、私はこの大きな湖を日本海と間違えて、これでいよいよ日本へ帰ることができる、と喜ばれた方がおられたのではなかろうかと、ふっと思いました。そこで法要がすんだ時、そう申しましたところ、やはりそうであったということでした。

長野県から参加された内藤さんが手をあげて、お兄さんのことを語られました。

「貨物列車にむりやりつめこまれて、ほとんど身動きできないような状態で、明けても暮れてもシベリアの平原を走り続けた、どこへ行くか目的地などは一切知らされない輸送であった、とのことでした。ある日、やっと着いた所で、前方一面にひろがる海が見えたのです。〝ああ、海だ、さあこれで、いよいよ日本へ帰ることができる〟と、人々は喚起の声をあげたのでした。

兄は佐渡島《さどがしま》はどこだろうかと見えない佐渡島を探し求めたそうです。しかし、中に一人、懐かしいとばかりにその〝海の水〟をすくい上げて一口含んだのです。ところがそれは海の水ではなかった。真水であったのです。これがバイカル湖だとわかった時の人々の失望、落胆、そのやるせなさは如何ばかりであったでしょう。そのまま、ここで死んでいった人がたくさんあったのです」というお話でありました。

わが肩に　乗りて帰らん　同胞《はらから》よ
母待つ祖国《くに》は　*1盂蘭盆《うらぼん》の月
妻待つ祖国は　盂蘭盆の月

内川清一郎氏の詩です。私どもはそれぞれの肩いっぱいに、同胞の御霊を乗せてお盆間近の日本へ帰ってまいりました。

私は毎年八月、関西テレビ「ハイ！　土曜日です」（司会・桂米朝師匠）の中で、お盆に近い日を選んでお経をあげております。今年（昭和五十四年）は十一日の土曜日でした。シベリアの慰霊法要を終えて帰ってきた直後のこともあり、テレビ局の人からお経をあげる前に五、六分、ぜひシベリアの話をしてほしいといわれました。私としては、また次の機会に、もう少し時間をかけてきちんとした形で放送したかったのですが、お盆でもあることだしと思い、大急ぎでお話をいたしました。

ところが一つ大きな間違いを犯してしまったのです。係の人が出してくれる写真を見ながら話していたのですが、バイカル湖での法要の模様を話した時に出た写真が、実はアムール河での地蔵流しの光景だったのです。そうではなかったと気づいたのは、放送が終わってテレビ局を出てからでした。湖と河を見間違えるほど、どちらも大きいということであります。因みにソ連とイランにまたがるカスピ海はバイカル湖よりまだ何倍も大きいそうですが、深さにおいてはバイカル湖が世界一だということです。

アムール河の岸辺で法要をした時のことです。その翌日がちょうどソ連の海軍記念日とかで、ハバロフスクの町でセレモニーが行われ、私どもの目の前を十一隻もの大きな軍艦が河を上っていきました。河を軍艦が十一隻も上っていって何の不思議も感じないんですから、とにかく大きな河です。

イルクーツクにもアンガラ河という大きな河がありましたけれども、日本へ帰ってきて新潟上空から信濃川を見た時、まるで溝川《みぞがわ》のように思えました。何度も申しますが、とにかくソ連は大きくて広いということに尽きます。

〈暑さとニエット〉

ところで、シベリアの夏は暑いです。シベリアへ行くというと、慰霊法要とはいえ涼しい所へ行かれるのだからいいですね、といった意味のことをよくいわれました。けれども七月下旬から八月上旬はシベリアだってけっこう暑いのです。涼しいどころか、私どもの行く所すべてが三十度を超える暑さでした。それにこの暑さもほんの短期間ですから、冷房などあろうはずがないだけに、日本にいるよりは、はるかに暑さに苦労しました。

タシケント[*2]は、シベリアではなく中央アジアですが、正午ごろに法要が終わった時の気温は四十四度でした。昨年のニューギニア、ガダルカナルでの慰霊法要も暑かったけれど、シベリアは本当に暑い所でした。しかし暑くてよかったのだと思っています。暑い中で慰霊法要をさせていただいたからこそ、こうして皆さん方に堂々と胸を張ってご報告できるのですから。

このタシケントには、さすがに冷房はありました。けれども音ほどに涼しさの中身はともなっていませんでした。部屋は余熱で夜も眠れない暑さでした。向かい同士、廊下に面する扉をあけ窓を開いて、風をかよわせてようやく眠れました。けれども私の部屋は東に面していましたので、眠って間もなく、朝の太陽で部屋が明るくなってほとんど眠れぬ一夜でした。

それにソ連は何かにつけて、平気で人をよく待たせるところです。インドの旅でもよく待たされますが、同じ待たされるのでもインドの場合は可愛げがあります。ソ連の待たせ方は、それはもう愛想も何もあったものではありません。飛行機でも、さんざん待たせておいて、何の説明もない。いかに国営で競争相手がないといっても、ちょっとひどすぎます。その上、乗ってもらうのではなく、乗せてやっているんだといった態度ですから、乗客はたまりません。

こんなことがありました。ハバロフスクからブラーツクへ行くのに、午前十時発予定の飛行機が、朝食をたべる頃になって午後の三時か四時の出発になるというんです。お天気は悪くない、何故遅れるのか、そんな理由は一切聞かせてくれません。そこで三時に間に合うように空港へ行ったのですが、実際に出発したのは七時でした。時差の関係もあって、三時間ほど飛行してブラーツクへ着いたのは夜の八時頃でしたが、翌日の出発が早いので、その日のうちに法要を勤めておこうと、早速目的地へ向かいました。

そこには、我々の同胞の犠牲の上に成り立った、世界一の発電所があるのです。飢えのために多くの方が亡くなっていかれた日本人収容所は、今はダムの底に沈んでしまっているということでした。

その場所で法要をしてホテルへ帰ると、もう十一時を過ぎていました。もちろん予約はしてあったのですが、時間外ということで、すでに食堂は閉まっていて何も食べさせてくれません。こちらの都合で遅れたのならともかく、向こうの都合で飛行機を遅らせておいて、この始末ですから困ったものです。しかし、慰霊法要に来たのだから、一食や二食たべなくとも辛抱しなければと思いました。皆さんも、その辛抱は喜んでしてくださる方々でした。

しかし、お湯ぐらいはもらえるだろうと思うのは、私どもの常識です。ところが、フロントのおばさんに、お湯はどこでもらえるのか聞いたところ、それも時間外でだめだと言うのです。お湯ですよ、と念をおしましたが、そのお湯がダメなのです。お湯をわかす権利のある人は帰ってしまった、というのです。どんなに頼んでも「ニェット（英語のノー）、ニェット」の一点ばりであります。

まあ、何を頼んでも、どこでもまず帰ってくることばは、この「ニェット」でした。「ニェットはもうごめん」、といいたくなりました。日本旅行社の角田克巳君たちが、各階のエレベーターの前で鍵の番をしているおばさんにうまく交渉してくれた結果、やっとのことでお湯だけは、どうやらもらうことができるようになりました。

ところがフロントで部屋割りが決まってから、部屋へ入るまでが大変な苦労でした。午後十時以後は、二つあるエレベーターの片方は動いてくれないのです。みなが疲れているのだからと願っても、動かすことのできる権利のある人はもう帰ってしまったのです。

こんなことぐらいで何が「権利」かと思いますが、お国の事情ですから、郷に入っては郷に従うより仕方ありません。六人しか乗れないエレベーターの前に並んで行列して、練供養《ねりくよう》（諸菩薩に仮装して練り歩く仏事）よりも、ゆっくりしか昇降しないエレベーター。止まってもなかなか戸が開かない。開けば、せっかく開いたのにそう簡単に閉まってなるものか、とばかり閉まらないエレベーターです。大きな旅行かばんもあること故、階段はよほど元気のある人が荷物を持って上がりました。ですから、これだけでゆうに一時間以上かかりました。

そんなこんなで、みながそれぞれの部屋に落ち着いて、お湯の配給にありつけたのは、深夜一時近くではなかったでしょうか。こういうこともあろうかと、そのお湯で日本から用意していった即席うどんをいただいたのですが、そのうどんのおいしかったこと、日本にこんなおいしいうどんがあったのかということを教えてくれたのは、まさにあのシベリアの不自由さのおかげでございました。

さて、その翌日です。イルクーツクへ向かったのですが、また飛行機が遅れて一悶着ありました。三回に分かれて乗ってくれという先方の「ご命令」です。私どもは三班に分けて出発することになりました。第一班は先に行って法要の準備や交渉をしておいてもらうべく、よく気のつく元気な人を選び、いわゆる役に立つ人々を先遣隊として出発してもらいました。

私ども、あまり役に立たないものは第三班で、第一班から二時間半後に空港へ行ったところ、そこに第一班の連中がまだうろうろしています。「どうしたのか」と聞くと、「まだ乗せてもらえない」ということでした。結局、第二班の人が先に乗って出発し、続いて第一班、それから私ども第三班の順で出発したのですが、イルクーツクに着いてみると、先に着いているはずの第一班がまだ着いていない。どうしたのかと心配することしきり、十五分ほど遅れて無事に着いてくれました。何のための先遣隊かわからなくなって、その日はとうとう法要ができずに終わってしまいました。

それでも文句は言えません。何しろこういうお国柄ですから、すべて仰せごもっとも、でございます。ざっと、こんな状態の連続でありました。

待たされるのは飛行機だけではありません。ホテルのエレベーターも、お急ぎの方は階段でどうぞ、と言いたくなるほど待たされます。タシケントのホテルのことですが、四つあるエレベーターでも常時動いているのは二つ。その上一つの箱に六人しか乗せてくれないのです。ですから昇るにしても降りるにしても、十五分も二十分も待たねばなりません。やっと乗せてもらって、自分が行く階、十二階なら十二階のボタンを押して、止まったから十二階かと思って降りるとそこは十階だったり、八階だったり。次を待つとまた時間がかかるので、あとは階段で目的の階へ行かねばなりません。

そんなわけで出かける時、部屋に忘れ物をした時は大変でした。エレベーターで昇り降りすると、それこそ半時間近くはかかります。私の部屋は十一階でしたけれど、階段を利用しました。私は日本にいる時でも、なるべく階段を使うように心がけておりますので、そんなに苦にならないのです。日本ではこんなことは本当に想像もできないことです。ボタン一つで手間も暇もかけずに正確に昇り降りする日本のエレベーターに、心から感謝せねばならないと思います。

その代わり階段は大きくて立派です。日本のホテルの場合、非常階段などは物置同然になっているところがあります。それでは非常の時に役立つのだろうか心配です。とにかくソ連のホテルの階段は大きく立派で、わかりやすいです。ソ連へ旅される方は、その前から、階段の上り下りができるように足腰の訓練をしておかれることをおすすめします。

〈強制収容所の生活〉

今回の慰霊法要の旅には茶道遠州《えんしゅう》流の家元、小堀宗慶《こぼりそうけい》師が同行してくださいました。小堀宗匠は江戸時代の大茶人であり、造園家としても有名な小堀遠州から十二代目のお方であります。戦後四年間、シベリアでの収容所生活を経験しておられるのです。その収容所生活を、いい意味での心の支えとされ、「あの時の苦労を、今の生活に思い出している」とおっしゃっているお方です。

私は前に、初めてシベリアを訪れた時に持ち帰った土をまぜてお茶碗を焼いてもらいました。遠州七窯《えんしゅうしちよう》の一つ、赤膚焼《あかはだやき》です。その一つをお家元に差し上げました。喜んで受け取ってくださいました。しかし私は、一応喜んで受け取ってくださったものの、お茶の家元ともなればいろいろなお茶碗を蔵《ぞう》しておられるに違いないから、使っていただけないだろうと勝手に考えていたのです。ところが、一年ほどしてお伺いした時でした。私が差し上げたお茶碗でお茶をもてなしてくださいました。お茶碗は実によく使い込まれ、みごとに拭《ふ》きこまれていました。

それも道理、お家元はこのお茶碗で毎日、シベリアで亡くなられた戦友たちにお茶を捧げ、そのあとで、ご自身も召し上がられていたのです。このお家元は、私が茶人として最も敬愛するお方ではありますが、あらためてあの時、このお方は本当のお茶人だとの感を極めたことでした。その時であったと思いますが、今度シベリアへ慰霊法要に行く時には私がお経をあげ、お家元にお茶をお供えしていただけたらとお誘いしました。

法要の道すがら、お家元は収容所生活の体験を話してくださいました。

「日本人は、戦争で捕虜になった時どうするか、というようなことはまったく教えられていなかった。そういった意味で、国際協定の認識のなかったことが、シベリアに抑留された人たちの生活を非常に苦しい状態に陥れていた大きな原因の一つだと思う……。

一日に三切れの黒パンしか与えられなかったから、食べられるものは何でも食べた。松の実はもちろん、松の皮をはいで、それを醤油煮にして食べたこともあった。それは消化が悪く、かえってそのために腹持ちがよかった……。

ロシア人がキノコを食べていたので、大丈夫だろうと思って苦労して採ってきたキノコを食べたところ、中に毒キノコがあった。その時、毒キノコの恐ろしさを身にしみて知った……。一日の作業を終えて帰る時、白樺の幹を切っておくと、翌日にはその樹液が天然のアイスキャンデーのようになっている。それは私たちに大変潤いを与えてくれた……。零下三十度まで気温が下がると仕事は休み。零下三十度になると薪《まき》に火をつけてもくすぶるばかりで絶対に燃えあがらない……。

明日は我が身の穴を掘ってもらわねばならないと思いながら生き残った人が、今日死んだ友の穴を掘る。しかし一メートルや二メートルの深さでは遺体が凍って冷凍人間になってしまう。そこで完全に土に帰ってもらうためには、どうしても三メートル以上の穴を掘らねばならない。ろくに道具もない中で、そんな深い穴を掘ることは大変な苦労だった……。

与えられる水もごくわずかで、コップ一杯の水を口にふくんで、唇を蛇口にしてふくんだ水を徐々に出して、それで顔を洗い手を洗った……」

本当にお話を聞いただけで、どんなに辛い毎日であったかと胸がしめつけられる思いがいたします。

一行の中の一人が、ハバロフスクの町で青いリンゴを買ってきました。ソ連は物を買うのに今でも行列を作っているそうで、そのリンゴも並んで買ったということでした。その人が「収容所におられた頃、こんなリンゴがありましたか」とお見せしました。しげしげとリンゴを眺

めながらお家元は、

「当時、ソ連の将校がこのリンゴを食べているのを見て、死ぬまでに一度あのリンゴを食べたいものだとどれほど願ったことか。それはとうとう食べられずじまいでしたが……。無事に日本へ帰ってから、どんなに立派な美味しいリンゴをいただいても、いつもシベリアのあのリンゴを思い出していました。それがこのリンゴです。今もこのリンゴがあったんですか」

と、それこそ感涙にむせびながら、受け取られた青い小さなリンゴを召し上がっておられました。翌日、このリンゴを詠《よ》まれた歌を拝見いたしました。

何といい　かくといわんか　このリンゴ　ことば尽きせぬ　三十年《みととせ》の味
かのときに　胸の底より　欲しかりし　三十年ののちに　望みかなえり

私は歌というものはつくられるものではなく、自然に生まれてくるものだとつくづく感じました。そして実感のこもった素直な家元の歌に、シベリアの収容所での生活のすべてが象徴されている思いがいたしました。

今回の慰霊法要に遠州流の家元、小堀宗慶師のご参加をいただくことにより、魂の核入れをしていただくことができたことを感謝しています。

ソ連邦は十六の共和国からなっています。その中の一つ、ウズベク共和国の首都がタシケントであります。タシケントは日本人同胞がご苦労された所であると同時に、*3「大唐西域記《だいとうさいいきき》」を著された*4玄奘三蔵《げんじょうさんぞう》が訪ねておられる国の一つでもあるということで、私ども仏教者にとりましても非常に感慨深い土地であります。このタシケントにおいて最後の法要をさせていただきました。

先ほども申しましたように、大変暑うございました。法要が終わった時、四十四度でしたから、午後はもっと温度は上がっていたことでしょう。

ここで名古屋から参加された梅本ちゑさんが、御主人のお墓に御対面をなさいました。戦後三十四年、亡き御主人の真骨の祀られているお墓へお参りされることができたのです。いい手伝いをさせていただけました。

わが肩に　乗りて帰らん　同胞《はらから》よ
母待つ祖国《くに》は　盂蘭盆《うらぼん》の月
妻待つ祖国は　盂蘭盆の月

私ども一行は、それぞれ一人ひとりの肩にお乗せできるだけの御霊をいっぱいに背負って日本へお連れして帰ってまいりました。

十三日から始まるお盆には少し間がありましたけれども、私にとりまして今年はシベリアから帰ったその日、八月三日からがお盆でございました。

＊1盂蘭盆：盂蘭盆会、精霊会。旧暦七月十五日を中心に行われる先祖の精霊を迎えてその菩提（悟り）を願う仏教行事。
＊2タシケント：現ウズベキスタンの首都。著者巡礼当時はソビエト共産党統治下で、ウズベク・ソビエト社会主義共和国であった。一九九一年、ソビエト連邦崩壊により、ウズベキスタン共和国として独立した。
＊3大唐西域記：仏典を求めインドへ旅した中国唐代の僧侶・玄奘三蔵による中央アジア・インド見聞録。風俗、歴史、地理、伝説等が詳細に記されている。貞観二十年（六四六）成立。
＊4玄奘三蔵：仁寿二～麟徳元年（六〇二～六六四）。中国唐代の僧。三蔵法師。薬師寺の宗派である法相宗の始祖。

ビルマ慰霊の旅の記

〈再びビルマへ〉

私はこの（昭和五十五年）一月二十二日朝、ビルマ（現ミャンマー）方面の戦跡慰霊法要の旅に向かい、二月一日の夜、無事法要を終えて帰ってまいりました。彼の地で肉親を亡くされた多勢のご遺族の方々からお預かりした戒名など、それぞれ亡くなられた近い場所で回向をさせていただきました。今日は、そのご報告を申し上げたいと思います。

広さが日本の一・八倍であるこのビルマの地で、日本軍約三十万人の方々が大変なご苦労をされました。その中で生存者は約七万人、行方不明の方が約四万人、そして亡くなられた方が約十九万人もおられるということです。

今回の慰霊法要の計画から準備万端すべて整えてくれたのは私の友人、牛谷四郎君でした。牛谷君は私同様、大正十三年生まれで剣道七段の猛者ですが、戦争中南方への若き夢をかきたてた身をビルマに投じて現地で徴兵され、戦後二年間、収容所の生活を彼地で経験してきた人です。

昭和四十六年、私が初めてインドへ仏跡巡拝をする時、牛谷君から「インドへ行くのなら、その帰りビルマへ寄って戦没者のために慰霊をしてほしい」とたのまれました。至極もっともなことなので、仏跡巡拝を終えての帰途、私ども一行はビルマに参りました。牛谷君がラングーン空港まで迎えに来てくれていました。

ビルマの首都ラングーン（現ヤンゴン）には、大東亜戦争で亡くなられた方々の慰霊碑があり、明治以来の日本人墓地もありました。そこでの慰霊法要の時でした。導師をつとめる私が印を結んで、それを切った途端のことです。風もなにもないその時に、墓地を包む周囲のゴムの木の葉がパラパラッと舞い落ちてきました。その時のゴムの木の葉の空を切る音、地上に落ちる音、それはただならぬもので、私は一種異様な衝撃を受けました。法要を終えるや否や、法要に参列された人たちが口々に「ゴムの葉が、ゴムの葉が……」と言いながら涙ぐんでおられました。

それ以前の私はソ連へ行った時、モスクワへ向かう飛行機がシベリア上空を飛んだ際に、機上からシベリアで亡くなられた日本人の御霊にお経をあげたことはありましたが、その大地に足を踏んでの慰霊法要の初心はこのビルマに始まります。

昭和四十六年のそのビルマの法要から帰って間もなく、牛谷君は「私はもう一度ビルマへ出直したい。私は今、仕事以上の給料をもらって恵まれた生活を送っているが、なにか死んだ戦友に対して申し訳がない気がしてならない。死んでいった戦友の霊が私に何をしてほしがってくれているか、それを聞きに行ってきます」と真剣な表情で熱っぽく話しました。

その後、牛谷君は会社を退職して、戦没者の遺骨収集に参加するようになりました。私はその純粋な気持ちはわかるが、その気持ちだけで十分じゃないかと、夫として親としての生活の責任を説いたのですが、一度決心したことだからと、常務取締役でありましたその会社を辞して、ビルマへ出かけてゆきました。聞き入れるような男ではありません。

ご遺骨も三十年を経ると、大半は土にかえっておられる。ただ関節などのかたい部分のみがわずかに残っているにすぎない。これでは、どれがどなたのお骨かもわからないものを無理をして掘りおこすよりも、そのままにそっとしておいて、仏教国民で本当にやさしいこちらの人々に守ってもらって、安らかに眠ってもらっている方がいいのではないか。そして一年に一回か二年に一回でも、この現地へきて慰霊法要で回向することが、精神的な遺骨収集になるのではないか、と牛谷君は思うようになったというのです。

ビルマ人は風貌も日本人によく似ているし、人なつこい人々です。私ども日本人に、とても親しみをもってくれる気持ちの温かい国であると、私もこのたびの旅行でそれを感じました。

以上申し上げましたような事情のもとに、このたびのビルマ方面戦跡慰霊法要巡拝が計画された次第です。それだけに、かなりの危険をおかしてまわらねばならない箇所もございました。

〈涙の呼びかけ〉

ビルマは仏教国です。それに貧しい国です。ですから物を大切にするところです。自動車でも二十五年、三十年前の車が、それどころか戦前の車も昔なつかしくも走っていました。私どもが、メイクテーラからパガン（現バガン）という所に向かう約百二十キロほどだったと思いますが、その間に六回も止まって動かなくなってしまいました。その度に、点火プラグを取り替えていました。

ですから、夕方までにパガンに着いて、ビルマを縦断するイラワジ河の彼方に沈みゆく荘厳な太陽を仰ぎつつ、アキャブ方面でお斃《たお》れになった英霊の追悼と回向をと願っていたのでしたが、漸《よう》やくパガンにたどり着いたのは、夜も八時をまわっていました。星空のもと、お線香とロウソクの灯りのもと、イラワジ河岸で夜の法筵《ほうえん》*1を敷きました。

大阪府泉大津市から参加された、やはりビルマ作戦の情報将校でありました辻正圓師は、この流れの底にはまだ何千、何万の御遺体が沈んでおられるはずだと語られました。このパガンは四千とも五千ともいわれる、とにかく無数のパゴダ（仏塔）が見晴らすかぎりに展開している素晴らしい景観をもった世界的な観光地です。

これは辻師から聞いた話ですが、パゴダはビルマ人の信仰の対象として神聖なものであるから、どんなことがあってもこれを攻撃目標にしてはならないし、またここへは逃げこんではいけない。逃げこめばパゴダが敵からの攻撃目標になってしまうと、これは厳命であったとのことでした。

脇へ話がそれましたが、とにかく物を使えなくなるまで大切に使用する国であります。ですから、チャーターした飛行機でも椅子やテーブルがひっくり返るくらいにガタガタッと激しく揺れていました。聞くところ、墜ちるまで飛ばし、墜ちれば一機新しいのを購入するのだとのことでした。このようなオンボロ飛行機で行く先が、カレミョウ、ここはアラカン山脈をへだててインドのインパールに接するところです。ここでの法要を終えて、中国と国境を接するミッチーナーへ飛びました。

このあたりは、つねにゲリラの反乱が繰り返されている、極めて危険な場所だそうです。私どもが参りました前日に、このミッチーナーの空港に血まみれた戦傷兵が何人か運び込まれてきていたとのことでした。ですから、飛行機は無事に着いたものの、そこでは正規の軍隊に護衛してもらいながらの法要でした。

タイ国との国境方面、シッタンでも法要をいたしました。ここで同行された天龍寺の元宗務総長長谷川元教師に、その当時の状況についてのお話を伺いました。

雨期のペグー（現バゴー）山系に立てこもっていた三万人が竹一本を命の綱に、とにかくこのシッタンの河を東へ渡った。その時の悲惨な姿はどんなに想像しても、してもらえないほどみじめなものであったことなどを語るうち、その当時のことを思い出されてか感極まれるが如く、

「毛利部隊長どのー。そして百七十五名の戦友よ、再びここまでやってまいりました。塔婆《とうば》に

乗って私たちといっしょに日本へ帰ってください」と、涙で叫びかけられました。

静岡から参加された遠藤臣良氏は現地の富士紡に勤務していて、この地で召集をうけた方です。シッタン河を、じっと睨みつけるようにしていられました。そこは河口に近いために、潮の干満の差が激しい所です。この河を越えて東のタイ側へ渡ってしまえば助かるとわかっていながら、干満の差による異常な流れに足をとられて、女性を含む多勢の在留日本人が亡くなられたというのです。「男はともかく、ご婦人の最期は傷々しかったです。悲惨の限りでした」と悲痛な表情で語られました。私たち一行、胸をえぐられる思いでした。

このシッタンの法要では、もうみんな胸がいっぱいで、昼ごはんを食べることができませんでした。結局、夕方五時頃になって、ようやっといただくことができるありさまでした。だいたい日々そのような状態ですから、体に変調をきたしたり、下痢などをおこす人が続出しました。そんな中で「わしは自慢やないが、下痢なんかしたことおまへんで」と、ただ一人豪語して胸を張っていた牛谷君までが「やっぱりやられました」とついにダウンする始末でした。えらそうなことといって、それ見たことかと思ったとたん、私も下痢をしてしまいました。

本当にえらいん《たいへん》です。牛谷君いわく「えらいんのは、当たり前でっせ、慰霊法要いうもんは、英霊の魂をかついで帰りますねんもんな、そらしんどおますわ」。これはまことに実感のこもった言葉でした。

泰緬《たいめん》鉄道は『戦場にかける橋』（デヴィッド・リーン監督）という映画にもなりましたが、いうまでもなくタイとビルマを結ぶ全長四百十五キロメートルの鉄道です。日本軍の鉄道隊が連合軍捕虜約六万人、その他現地人を含むアジア人労働者約二十五万人を使役して、昭和十七年十月から一年有余がかりで完成したものです。この鉄道工事で亡くなられた連合軍捕虜や現地人、アジア人労働者のための慰霊塔が建てられました。

それは日本人の鉄道隊によって建てられたものです。誠意ある慰霊塔でした。戦後に建てられた慰霊碑で、あれほど立派なものはないと思います。しかもそれは、日本軍の鉄道隊が亡くなられた異国の方々のために建てられたものであります。前述の長谷川元教師はここに半年おられたそうですが、毎月一回、慰霊祭をなされたということでした。泰緬鉄道建設による犠牲者は約四万五千人。全長四百十五キロメートルの鉄道ですから、一人の命が枕木三本半にあたる計算になるそうです。

泰緬鉄道の発着地でありましたカンチャナブリ（泰国《タイ》）のこの日本陸軍鉄道隊が建立した慰霊の碑の前で、今回の慰霊行《ぎょう》の[*2]結願法要を勤めました。十三夜の月が私どもを見守ってくれているように輝いていました。まったく[*3]山川異域同天《さんせんいいきどうてん》之《の》月《つき》でありました。

今回の同行の中には、戦中、戦後ビルマで苦労された人たちが多くおられました。その方々が、それぞれ体験談の中で口をそろえておっしゃられたのは、ビルマの人の親切、優しさでした。戦後は日本人と接触することを禁じられているのに、収容所で不自由をしていないか、お腹をすかせていないかと、自分たちの貧しい生活の中から、お米やタバコなどを持ち込んでくれたり、使役に出るトラックの中へ放り込んでくれたことなど、ビルマの人々の温かい気持ちをなつかしがっておられました。

〈日本とビルマ〉

こうしたビルマの人々のご好意、いまも十九万人のご遺骨がまだお世話になっているこのビルマの国に、ビルマの人々の優しい親切な気持ちに対して、私たち日本人はどのようにしてお返しをすればいいのだろうかと、考えずにいられませんでした。

日本へ帰ってから、日本ビルマ文化協会[*4]という機関のあることを聞きました。ビルマでは学校の教科書は無償配布ではありますが、国が貧しいので数が少なくて、とてもすべての子供にはゆきわたりません。ですから一冊の教科書を四人、五人の子供がむらがるように共用している。鉛筆など文房具も決して満足にはない。そんな子供たちに鉛筆やノートなど学用品を送ったり、あるいは日本へ留学している学生たちのお世話をしたり、そういう任務に当たっているのが日本ビルマ文化協会であります。入会金、年会費を納入すれば、どなたでも入会できるそうです。

私はそういう形のお手伝いで、少しでも御恩返しができるなればと喜んで入会しました。皆さん方の中で、そのような協会があるのなら少しでも協力をしたいとのお気持ちのある方は、ぜひご入会をと、ご報告の最後におすすめ、お願いをしておきたいと思います。

こうした、ビルマの人々へ供養することが、あの土地に眠っておられる数多の英霊に対しての御回向になるのではないかと思います。私自身会費を納めて入会したことで、なにかほっとした気持ちにならしていただいています。

なお、七月下旬にはミンダナオ島を中心に比島方面の慰霊法要の旅に出る予定です。回向などお申し出がありますれば御連絡下さい。

＊1法筵：法《のり》の筵《むしろ》。法会を執り行う席、場所。
＊2結願法要：定められた期間に修される法要の最終日に行う。最初に行われる開白法要の対。
＊3山川異域～：『唐大和上東征伝』「山川異域　風月同天　寄諸仏子　共結来縁」（山川域を異にすれど、風月天を同じくし、諸仏子に寄りて、共に来縁を結ばん）。
＊4日本ビルマ文化協会：現・一般社団法人日本ミャンマー友好協会。

ビルマ慰霊法要
結願之表白

謹《つつし》み敬って、周遍《しゅうへん》法界《ほっかい》摩訶《まか》毘盧遮那《びるしゃな》界会《かいえ》、霊山《りょうぜん》浄土釈迦牟尼《しゃかむに》如来《にょらい》、一切三宝に曰《もう》して言《もう》さく。

方《まさ》に今、有縁《うえん》之僧俗、会して四十名、相来りて祭壇を設けて、一座法筵《ほうえん》を催しますこと有り、其の志趣如何《いかん》となれば夫《そ》れ、ビルマ方面大東亜戦争戦没犠牲者面々慰霊法要、結願《けちがん》の砌《みぎり》なり。

伏惟《ふしておもんみ》れば、大東亜戦争は昭和十六年十二月八日に始る、戦火は遂に昭和十七年一月泰緬《タイビルマ》国境を突破モールメンを占領後見る見る燎原《りょうげん》に拡がりビルマ全土を掩《おお》ふ。然《しか》りと雖《いえど》も軍旅その道を誤り、窮して濫《みだ》るのやむなきに至り、将兵、在留一般国民をも含めて、糧食兵器絶ち従者病みて能《よ》く興《た》つことなしの状。連合軍総兵力あげて六十万、精兵精器の前に屈して、三十万人の中、十九万の戦没、行方不明数えて四万、漸く生存する者七万人、遺骨収集して未だ四万体に及ばず。

茲《ここ》に戦後三十五年、野に山に河に屍《しかばね》、埋没救われざるの魂魄《こんぱく》尚《なお》数えていとまあらず、今志有る、或は兄弟肉親を偲い或は戦友を尋ね、更には同胞の労苦犠牲に啼泣《ていきゅう》の涙を捧げん事を願い、日の本を鹿島立ちてビルマに来る。

一月二十二日着してより以降、アラカンの山脈《やまなみ》遥かインパールを望み、雲の墓標に亡き戦友《とも》如在《いますがごと》くに、カレミョウの地に伏し転じては印緬《インドビルマ》国境を眼下に眺めつつ、着してミッチーナーの広野に拉孟《らもう》、騰越《とうえつ》玉砕の愴烈《そうれつ》に思いをはせ此《こ》の地方三万のみたまに読誦《どくじゅ》供養の限りを尽し、サガインの丘に立ち、烈、弓部隊の霊前に歔欷《きょき》の涙を降らす、ミンガ河岸に地蔵流しの供養之間、落日之影、愈々《いよいよ》永きを加え、マンダレーヒルは夜の闇におおわれて燈明きらめき、荘厳増し、みたましいは同行者《どうぎょう》の胸に迫り来る。

メイクテーラ湖畔に同胞の面影を宿せる童女に思いを残し車窓、遷移するポパ山の日本《やまと》の山のたたずまい、パガン落日は迅速にして、イラワジの対岸に照明、夜空に浮かぶパゴダを仰ぎて、アキャブの攻防に斃《たお》れし一万の鎮魂、更にはイラワジ河底深く沈みてぞあり給う水漬《みづ》く屍、和讃《わさん》の声に空悲しみて、風もやむ。

八紘一宇《はっこういちう》、大東亜共栄の確立の聖戦たるの願望も無謀、軍閥の克伐怨欲《こくばつえんよく》の黒雲これを覆うの混迷は不自惜身命《ふじしゃくしんみょう》、一死、しこの御盾《みたて》たらんとす皇国勇士も、昭和二十年四月アキャブからの撤退を余儀なくし六月、雨期のペグー山系を一本の竹を、綱としてシッタン渡河の大悲劇、人間の極限状態を彷徨して、遂に斃れて立たざる人数えて三万人に垂《なんな》んとす、それ兵たるのみならず、在留日本人更《さら》に婦人も行動を共にし護国の花と散りたるの方あり、齢七十を重ねたる老翁の戦場に護国の鬼と化するを聞く、シッタン河岸の勤供《ごんぐ》。ラングーン日本墓地にビルマ全土、血潮《ちしお》の山河にかばね曝《さら》せし同胞にいとしみの真心、みそぐ涙に御霊鎮まられんことを願ふ。

是《かく》の如くビルマ各地に鎮魂の供養を凝らし、祭るに敬いを期し、喪《も》は哀《あい》を致して止むことなく、尽して今日ビルマ方面慰霊法要の結願を此地《このち》ビルマ進攻の拠地、亦《また》泰緬鉄道の発着之地リバークワイ、カンチャナブリに敷くことあり、泰緬鉄道は昭和十七年七月五日の起工、わずかに一年有余、十八年十月十七日、四百十五キロの長距離の完成を見たる稀有の工事なるも、連合軍捕虜の一万二千人、日本軍兵士千名、地元の人民三万人まさに枕木一本、一人の命、血と汗と命の鉄路なり、まさしく彼我を超越し怨親《おんしん》これあることなく唯々《ただただ》危うきに命を傾くの諸霊、極楽、天国に往生成就の法涙《ほうるい》を享けしめ給え。

然して思う、幼き子供、いとしき妻、老い給うたる父や母が面影を雲間の彼方に浮かべては、祖国の栄を願い死以《もっ》てこれを致されしみたまの徳に報ゆるに何を以て報ゆるべきか。回を重ねて幾十度、歳を巡りて百歳に至るも祇《てい》徊《かい》去る能《あた》わざるも、期して結願の回向を至心に、身心を尽して供養礼拝を捧ぐ、志願の趣を哀愍納受《あいみんのうじゅ》せられ、御遺族の思いに納饗を垂れ給え。

我ら日本国民、平和に慣れし心のおごり、無明《むみょう》長夜の深き夢より、さめいで、民族、国家のながき世のながらいに、呈して精進するの決意を英魂のみまえ誓ひ奉らんのみ。

願くは英霊のみ魂《たま》しい、また四諦《したい》の法路、兜率《とそつ》の上生《じょうしょう》を成就せしめ給へ。

乃至法界《ないしほっかい》　怨親彼我《おんしんひが》　平等利益《びょうどうりやく》

有縁無縁《うえんむえん》　三界萬霊《さんがいばんれい》　抜苦与楽《ばっくよらく》

月の虹

〈心のなかに平和を〉

私はこの（昭和五十五年）七月二十二日から三十日まで、大東亜戦争戦没者慰霊法要のため、フィリピンへ行ってまいりました。一月のビルマに続いて今年二度目の慰霊行《ぎょう》でした。私は大正十三年生まれの戦中派で、もちろん軍隊生活を経験しております。千葉県四街道《よつかいどう》で、幹部候補生としての訓練を受けている最中に終戦を迎えましたので、今日まで無事に命をいただいている次第です。しかし、小学校、中学校、大学時代の友人が多数戦死しています。

大東亜戦争では民間の方も含めて、三百万人を超える方々が亡くなっておられます。私たちの身代わりとなってくださった方々です。こうした夥《おびただ》しい数の尊い犠牲の上に、今日の日本の平和と繁栄があるのだということを、私たちは断じて忘れてはなりません。

そんなわけで私は年に一、二度必ず慰霊法要の旅に上らせていただいております。今回参りましたミンダナオ島、レイテ島、ルソン島等、フィリピン方面での犠牲者は約五十万人にのぼります。「七月、八月はお盆の月です。私たちといっしょに、お盆の日本へ帰りましょう」、これが今回の慰霊法要の精神的基調でありました。

フィリピンに限らず、ニューギニアであれ、ガダルカナルであれ、ビルマであれ、その他どの戦跡も、人間の極限状態を彷徨しながら多勢の方々が命果《は》てていかれて、その怨念のしみつかぬ土地はありません。それはもう大変な状態です。

どうしてこの人たちをして、こんなにまで過酷な業《ごう》を背負わしめねばならなかったのか、慰霊法要のたびに本当に戦争というものに対して、何とも言いようのないおぞましい限りの切なさを感じずにいられません。同時に日本軍部の中枢であった大本営の、現地を無視した誤れる方針が、至るところで目をおおわんばかりの悲劇を招いているのに接するたびに残念で、やるかたなき思いにおちいります。

それはともかくとして、平和は大切です。しかし、自分の心の中に本当の平和を確立しようとの努力もしないで、ただ「平和、平和」と口先だけの無責任な平和論など唱えてほしくはありません。それはかえって英霊を冒瀆《ぼうとく》することになりかねません。

〈辛さに堪えるつとめ〉

ミンダナオ島のワロエ地区を流れるウマヤン河、その流域では万余の日本人が亡くなっておられます（そこは、それまで誰一人として慰霊法要に訪れたことのない秘境で、反政府軍のゲリラが出没する危険な場所でもあります）。中でも、もっとも多くの人が亡くなられた「地獄谷」という名を今日に残している地域では、つい最近まで日本人の骨が、まるで魚の骨のように散らばっていたということです。それこそ地肌一枚めくればご遺骨が出てくるのです。よくもそのような状態で、三十年以上も放ったらかしにしておいたものだと、わきおこる痛憤を禁じ得ぬ気持ちでした。

陸地だけではありません。フィリピン周辺の海中には、日本の船がいっぱい沈んでいます。その船の中には、累々たるご遺骨が日の目をみることもなく未だに眠っておられるのです。「海行《ゆ》かば水漬《みづ》く屍《かばね》、山行かば草生《くさむ》す屍」……、これは単なる歌の言葉ではない、まさにその通りであります。このようなご遺骨をそのままにして、私たちだけが平和と繁栄に酔い痴《し》れ、便利と贅沢と欲望の巷《ちまた》と化した日本へ帰ってよいものだろうかと、本当に申し訳ない気持ちになります。

私はこれまで度々、インドへ仏跡巡拝の旅に上らせていただいておりますが、その場合、お釈迦様はここでお生まれになったのだなあ、ここで初めて法をお説きになったのだ、というように何となく夢があり、法《のり》の道の感激を覚えます。けれども慰霊法要の旅は真実、心底から、切なさ、やるせなさの連続であります。本当にもうたまらない気持ちになります。しかし、その切なさ、やるせなさ、たまらない気持ちに堪えるのが慰霊法要に行った者のつとめなのだと自分に言いきかせて、心からなる法要をさせていただくのですが、まことに辛いものです。

人間、親が子に、子が親に、夫が妻に、妻が夫に……、それぞれ残す最大の遺産は「死」であると思います。その最大の遺産である死を、どのように受けとって、それをどう生かしていくか、それが先立たれた方々へのあとに残った者の一番の務めではないでしょうか。

そういった意味で、あとに残った私たちは真面目に、真剣に英霊に対して申し訳の立つ生き方をしなければならない、ということを慰霊法要の体験を通して痛切に感じずにはいられません。慰霊行《ぎょう》は、そうした心を養う旅でもあります。ですから「霊を慰める」などと、そんな大それたことは、とてもできるものではありません。

けれども、させていただかねば心がおちつかない気持ちになるのです。とにかくそれだけに、戦地から無事に日本へ帰ることのできた人たちの亡き戦友を思う気持ち、それは私どもの想像を超えて非常に深いものがあります。

〈**人間愛**〉

今回同行された坂本末吉さんという方は、まる三十五年間、亡くなられた戦友、横川さんのことを思い続けて生きてこられました。坂本さんと横川さんは戦争が終わったあとも、そうとは知らずミンダナオのジャングルの中を逃げまわったそうです。

敵の飛行機に見つかってはいけないということで火を焚《た》くことができない。したがって、湯を沸かすことも食べ物を煮ることもできません。蛇やトカゲを見つけても、生きたままそれを裂いて食べねばならない。その間にもヤマヒルがおそいかかってきて、容赦なく血を吸う。目がカーッと痛くなる。もう体内には血液どころか液体らしいものは何ひとつないというのに、そんな肉体から何故血を吸わなければならないのか、ヤマヒルが悪魔としか思えなかったといいます。

こうした状態で、深いジャングルの中を敵に見つからないようにさまよい続けるうちに、極度の飢えと疲労から、横川さんはとうとう亡くなってしまいました。そして、わずか四、五時間後に、坂本さんはアメリカ兵にとらえられたのです。

「我々はあなた方を殺しにきたのではない。もう戦争は終わった。あなた方を日本へ無事に送還させるのが、我々の任務なのだ」とのアメリカ兵の言葉に、坂本さんは舌を嚙み切ることなく無事に日本へ帰ることができました。

無事日本へ帰ることができただけに、坂本さんは最後まで行を共にした戦友、横川さんの死が悔やまれてなりませんでした。もうあと四時間、五時間生きてくれていたら、あと五時間がんばってくれていたら……。その思いは帰国してからも横川さんの面影とともに脳裏をはなれません。

そして、横川さんのふるさとである土佐へ遺族を訪ねます。しかし、いくら探しても消息がつかめません。横川さんの戦死を知らされた奥さんは、教師として奉職するため、土佐・高知を離れておられたのです。

その後も、坂本さんは横川さんの遺族を探し求めますが、どうしてもわかりません。こうしてまる三十五年がたち、今回のミンダナオ慰霊法要の旅に参加するということで、坂本さんはもう一度土佐を訪ねたところ、横川さんの奥さんが定年になって高知に帰っておられたのです。探し探して三十五年、坂本さんはやっと横川さんの遺族にめぐり合い、そして横川さんの最後の様子を話すことができました。

「主人が出征する時、まだ七カ月でお腹の中にいた次男も無事生まれ、立派に成長して、孫もおります。ミンダナオへ慰霊に行かれるのなら、長男と次男ともども三人、いっしょに連れていってほしい」との奥さんの願いが叶えられ、母子《おやこ》三人で参加しておられました。

ウマヤン河畔における法要で、坂本さんは「横川古年兵どのーっ」と叫ばれました。そして、「三十五年ぶりに、あなたとのお約束を果たすことができました。立派に成長された息子さんお二人といっしょに、奥さんが今ここに来ておられまーす。あとは奥さんと息子さんにお任せいたしまーす。どうぞ奥さん息子さんとごいっしょに、お盆の日本へお帰りくださーい。いっしょに帰りましょう」と、力いっぱいの声で続けられました。

そのあと二人の息子さんが「お父さーん」と叫ばれるその姿に、また、哀しみをじっと押さえて、亡き夫をしみじみと思い出しておられる奥さんの姿に、私は坂本さんの戦友愛、人間愛に心打たれるとともに、みごとに大きく開いたヒューマニズムの花一輪を思い浮かべたことでした。

九州の宮崎から参加された黒水セイ子さんは、大正四年生まれのお方です。同じウマヤン河での法要で、黒水さんはこの地で亡くなられた御主人が、まるで目の前にいられる如く、やさしく話しかけておられました。

「私ね、あなたにね、〝あなた〟って一度呼びたかったのよ。呼びたかったんだけれど言えなかったでしょう。今とちがうもの。恥ずかしかったの。けれども〝あなた〟って私、本当に一度呼びたかったの。今もね、〝あなた〟って呼んでいる夢を見るの。眼がさめたら、あなたはいないの。だから私、ここで〝あなた〟と呼ばせてほしいけれど、皆さんいられるから恥ずかしいでしょう。だから歌をうたいますね、聞いてくださいね」

歌われたのが「あなたと呼べば、あなたとこたえる……」で始まる「二人は若い」でありました。みんな泣かされました。あの明るい歌で一行五十人、みんなが泣いたのです。人それぞれの体験の中には、第三者から見れば、思いもかけぬ、ずっしりと重い意味がこめられているものです。今後私は「二人は若い」、あの歌を明るく楽しい歌詞として受けとり、軽快なメロディとして聞くことはおそらくできないだろうと思います。

わがうちに　若き日のまま　ある夫《つま》よ　年ふる今も　いきいきとして　（黒水セイ子）

〈月の輪の虹〉

慰霊法要というのは朝露を踏んでいたします。灼熱の太陽を浴びていたします。そして南十字星を仰ぎつつ続けます。一度の法要にだいたい二時間はかかります。お経をあげ、歌をうたい、同行の皆さんがそれぞれ思いをこめて英霊に向かって呼びかけをされるのです。

こうした慰霊法要には、不思議だなあと思うことがたびたびおこります。

ウマヤン河畔の法要は午後三時半頃から始まり、亡くなられた方、遺族の方も多かったせいか、四時間半かかりました。ところが始まる前から暗雲が低くたれこめ、このぶんなら法要の最中に雨に降られるだろうと覚悟の上で始めました。雨といってもあちらの場合は「スコール」で大変激しいものです。しかし、今にも雨を降らせそうな黒雲が私達の上空のまわりをグルーッとまわって、結局、一滴の雨も降らずじまいでした。そして法要を無事に終えて暗闇の中、川の流れに足をとられてはいけないということで、橋の上から地蔵流しをする時には、十三夜のお月様が私達の手を明るく照らしてくれていました。

ミンダナオ島、セブ島での法要を勤め終えて、慰霊法要の旅も六日目の七月二十七日、私達一行はレイテ島に着きました。そこに「レッドビーチ」と呼ばれる浜辺があります。日米最激戦地の跡で、海の水が血潮で真っ赤に染まったところからレッドビーチと名づけられたのです。

このレッドビーチで、私達は夜の法筵を敷いたのですが、その時、無数の蛍の群れが私達を迎えてくれました。遺族の方たちは神秘的とも思える蛍の群れを見て、父が、夫が、兄が、弟が……蛍の灯となって我々を迎えてくれたのだとばかり、もうみんな感激の涙に頬をぬらしたことでした。歩いては泣き、お経をあげては泣き、歌をうたっては泣き、涙の禊《みそぎ》、それが慰霊法要の旅の常であります。

煌々《こうこう》たる満月のもと、レッドビーチの法要は行われました。お経をあげておりますと、キラキラキラキラと海面が一面にきらめくのです。満月が光の雨を降らしているのではないか、そんな気がして月を見上げると、ボーッと月の輪ができています。

「あ、お月さんが傘をきてはるのかな」

と思ったのですが、いわゆる日本で見る月が傘をかぶっている感じとは、ちょっとちがいます。そして、お経を続けて再び月を見上げた時、月の輪の部分が色づいてくるように見えました。まさか夜に虹が出るなどと考えられないことですから、日中、強い太陽光線を浴びて法要をしたので脳に異常をきたしたのではなかろうか、それとも色盲になったのではないか、と思ったほどでした。しかし、どう見ても確かに色がついている。それどころか、その色がだんだんはっきりとしてまいります。

そこで法要が一区切りついたところで、私が「ちょっとみなさん、月を拝んでください。お月さんのまわりに虹が出てられます」と言いますと、みんなも「あ、虹だ、虹だ」と言われました。私に異常があったわけではなかったのです。やはり、本当に月のまわりに虹が出ていたのです。一行の中で戦争中から戦後にかけて、四年から五年間、フィリピン各地におられた方にお聞きしても、月に虹が出るなど初めてだということでした。

みんなが一つ心になって一所懸命法要をした結果、その思いを、つまり、浄らかな大地の願いを天が享《う》け給うたのだ、そして声をあらわすことのできない英霊の思いが、虹となってあらわれてくださったのだ、みんながそう信じざるをえない、なんとも言えぬ美しくも不思議な光景でした。

以前、船でやはり慰霊法要の旅をしたことがありました。硫黄島の沖で法要をした時のことです。私たちがお経をあげている間、硫黄島のあたりから日本の方に向かって大きな虹が出たそうです。私は目を閉じてお経をあげていたので気づかなかったのですが、その折、同行された松原泰道師が次のような歌を詠まれました。

硫黄島の　若き英魂《みたま》が　はるかなる　祖国《くに》にかかるか　虹の浮き橋

この歌の通り、硫黄島、あるいはその周辺の海で亡くなられた英魂のふるさとへ帰りたいという思いが、虹の姿となってあらわれたのでありましょう。今回も、お盆の日本にいっしょに帰るという英魂の思いが、月の虹となってあらわれたに違いありません。私達はみんなで「誰か故郷を想わざる」「ふるさと」の歌を合唱いたしました。歌っている間に完全に円《まる》い形の虹となりました。歴然たる色の虹でした。そして法要の最後、礼拝を三たび、*惣礼《そうらい》とともに、その円い虹は消えてゆきました。

日本へ帰ってから、月の虹について調べてみました。月の虹はあるそうですが、それは淡い色というよりもむしろ、白いものだということです。けれども、私達がレイテ島のレッドビーチで拝んだ月の虹は、歴然と色彩をそなえた虹でした。思えば思うほど、英霊の心のあらわれとしか思いようのない月の虹でありました。

レイテ島　水漬く屍と　散り果てし　戦友《とも》蘇る　月の輪の虹

この「月の虹」をもって、ミンダナオ島、レイテ島を中心とした今回のフィリピン方面慰霊法要の旅の報告にかえさせていただきます。

＊惣礼：総礼。法会や仏事で、参列している僧侶をはじめ全員がいっせいに仏を礼拝すること。

比島慰霊法要
結願表白

謹み敬って因縁果満盧遮那界会《いんねんかまんるしゃなかいえ》、霊山浄土釈迦牟尼如来《りょうぜんじょうどしゃかむにによらい》等一切三宝の境界《きょうがい》に曰《もう》して言《もう》さく。

方《まさ》に今フィリピン此処《ここ》カリラヤ湖畔、日本人慰霊碑宝前にして有縁之僧俗相集いて祭壇を設けて、一座法筵《ほうえん》を催しますこと在り、其志趣や如何となれば夫《そ》れ、比島方面、大東亜戦争戦没犠牲者面々、慰霊法要の旅、結願の砌《みぎり》なり。

伏《ふ》して惟《おも》んみれば比島方面に戦死せる人、数えて陸海軍人合せて四十八万二千人、在留邦人二万五千人も又其《そ》の犠牲となる。迹《しゃく》を悼《いた》みて凄如《せいじょ》たることしきり。我ら一行、七月二十二日、伊丹を発ち、一路、飛び来たりて、落陽のマニラ湾を望むれば、来たるをまたれるが如く、コレヒドール島、バターン半島、歴然たるの相をあらわす、日本将兵の血潮に根を染めし草木の黒雲の如く繁茂の影迫りきたる。
大君の命《みこと》かしこみ磯に触《ふ》り海原遙かなる将兵を偲びてミンダナオ島はトピーに到る。もの言わぬ英雄の眠るノーロラ丘に、哀を含むのマトトムの山容、富士の面影をただよわせば、郷国《きょうこく》は雲霄《うんしょう》の外、誰れか羈旅《きりょ》の情に堪えざらんや。三十数年を振りさけて涙臆《むね》を沾《うるほ》す。

明くれば二十四日の朝、三千の童男、童女、校庭を埋め、市長始めトピーライオンズクラブの面々ら、本郷万蔵団長への親愛は合せて我らが一行をもてなすの趣となり、まさに明月時に至り、清風人情の花を誘うの感あり。

ウマヤンの河岸、暗雲垂れて風悲しく空傷み、暮雲千里《ぼうんせんり》の色、処《ところ》として心傷《いた》ましめざるはなし。ワロエの悲惨に声涙《せいるい》限ることなく、読誦《どくじゅ》重ねて声明《しょうみょう》・和讃の唱和、夫《つま》を呼び戦友《とも》を語り父を慕いて尽きること更になし、物人亡びて故跡を余し河水の流れ、時世の還流を説くが如し。

ミンダナオ島各地に壮絶を極めて斃れたる将兵数えて五万四千四百四十七名、真野班、菅原班、マライバライコース、サンボアンガコース各地に分れて涕泣《ていきゅう》回向の至誠を捧ぐ。

セブ島に眠る英魂四千七百の霊、心経読誦一巻、忽《たちま》ちに機上の人となり、レイテに着く。昭和十九年十月十八日米軍上陸以来十二月十三日に到る五十五日間、レイテ決戦の島たり、此地《このち》にレッドビーチあり。海辺の浜の砂は血染み、海水、朱《あけ》にそまる所。おりから晄々《こうこう》たる十五夜の月、煌々《こうこう》たる光を海の波に降らして恰《あたか》もきらめきたる雨の如し。飛び交う蛍の群しきりにして、英霊《みたま》の囁きを語り、香煙縷々《るる》万々たる燈影、天地に在《いま》す霊に対峙すること如在《いますがごとく》につとめること小心翼々、慎みて俯仰《ふぎょう》を深む。天これを容れ、鬼神誠を享け給ふか、地の願い、人の和を。さやけき月の輪に夜の虹あらわる。月宮を囲繞《いにょう》して霓圓《げいえん》（虹のまるいありさま）たるに向いて誰れか万里の故郷への帰心を月明に歔欷《きょき》の思い、感にむせばざらざらんや。

ブラウエン飛行場は天降る高千穂落下傘部隊終焉の悲地。レイテ湾に船出して海上に地蔵流し供養は、空に海に野に散華《さんげ》せしタクロバン一万九千二百二人、オルモック地区五万八千八百人、更にレイテ沖海戦等近海犠牲面々の回向たり。

勤め重ねて涙の供養、涙の行《ぎょう》をみそぎみそぎて、今日茲《ここ》にルソンの島に渡り、カリラヤ更にモンテンルパの地に法筵を敷いて、今、茲に結願に到る。

百隈《ももくま》の道は来にしをまた更に八十島《やそしま》過ぎて別れか行かむと、蘆垣《あしがき》の隈処《くまど》に立ちて吾妹子《わぎもこ》が袖もしほほに泣きしぞ思《も》はゆ（万葉集）、防人の情底を胸に悲愁して見る孤城落日の境、空しく語る万里の長征、還りきたらざる英魂《みたま》の叫びは一片の石に涙あふれしむ。伏して願ふ、わが肩に乗りて帰らん、はらからよ、母まつ国はうら盆の月、妻まつ国はうら盆の月、うら盆の真近かなる祖国に、我々の肩に乗り共々に帰り給わんことを。

平和と繁栄に馴れし心の憍りに酔いて飽くなき、祖国日本の現今たると雖《いえど》も、禍《わざわ》いは足ることを知らざるより大なるは莫《な》きに思いを致し、英魂の膝下《しっか》に、八紘一宇《はっこういちう》、世界平和に殉じ給ふ悠久の真心に添い奉らんことを誓ふ。

幾十度、幾百歳《ももとせ》を重ねても、なお未だ彽徊《ていかい》去る能《あた》わざるの思いなるも、今、期して結願の回向を至心に恭敬《くぎょう》、身心至誠《しじょう》の限りを尽す。

庶幾《こいねが》う、一行五十余名小衲《しょうのう》らの礼拝追福の志願を哀愍納受《あいみんのうじゅ》以て四諦《したい》之法路、兜率《とそつ》の覚路を成ぜしめ給わんことを。母まち妻子まつ盂蘭盆の祖国日本に我ら共々同行《どうぎょう》ましましまさんことを重ねて願い奉る。

合掌

昭和五十五年七月三十日

英霊との対話

〈ジャングルの奥で〉

私は年に一、二度、必ず慰霊法要に出かけ、法話や原稿を通して皆さんにも度々その報告をいたしておりますが、昨年（昭和五十六年）は七月下旬グアム、サイパン、テニアン島等、中部太平洋方面へ慰霊の旅に上りました。

中部太平洋方面では、二十万人にのぼる方々が亡くなっておられます。以前にも申し上げましたように、今日の日本の繁栄と平和は、一にかかって日本人であるが故の共業《ぐうごう》の所感を背負って人柱《ひとばしら》に立ってくださった、こうした方々の尊い犠牲の上に成り立っていることを断じて忘れてはなりません。

グアム、サイパンといいますと、今は観光地として発展し、日本からも多勢の観光客が訪ねていますが、戦争中は共に最激戦地で、玉砕の島であります。私は昭和四十九年にもグアム、サイパンへ参りました。その時は今回のようにひと飛びの飛行機ではなく船で、洋上法要をしながらの慰霊行《ぎょう》を続け、グアムやサイパンでは島へ上陸して法要をいたしました。

サイパン、テニアンは第一次世界大戦後、日本の委任統治領となり、大正十年にはサイパンに[*1]南洋興発という会社が設立され、すぐ近くのテニアン島には製糖工場もできて、日本の砂糖生産高十二パーセントを算出したといわれています。したがって両島には、民間の残留邦人も多く、そんな非戦闘員である民間人が激しい戦禍に巻き込まれて、いわゆる「ばんざい岬」「自害の崖」などで多数亡くなっておられるのです。そして、そこが常夏《とこなつ》の地上の楽園といわれている美しい島であるだけに、その悲惨さがなおいっそう強烈に、私どもの胸に迫ってまいりました。

折柄《おりから》夏休みのこととて、水着姿で嬉々として海浜を闊歩《かっぽ》している多くの日本人観光客を見かけました。彼らにとってはまさに地上の楽園そのものであったでしょうが、慰霊のために訪れた私どもにとっては、怨念の霊気漂うサイパンであり、テニアンでありました。

観光客の眼には楽園のサイパンも、一歩ジャングルに入ると、どこからともなくご遺骨の出てくるあり様です。私たち一行は、岐阜から参加された青木八十郎氏と現地の人たちの案内で、ジャングルの中にあるドンニー野戦病院跡を訪れました。青木さんはそこで気絶していたところを米軍に救出され、九死に一生を得られたお方で、戦後復員された時にはお墓が作られていたという〝生きていた英霊〟の体験者です。既に昭和三十九年以来二十七回、遺骨収集のためにサイパンへ渡り、共にこの島で苦労された亡き戦友に生涯を捧げておられます。

うっそうと生い茂った枝葉を切り払いつつ一歩一歩進んで、ようやっと病院跡へ辿り着くことができました。病院跡といっても建物があったわけではなく、密林の繁茂を屋根とした、まったくの野天病院だったということです。

「皆さんが、いま立っておられるこの道が手術台で、道に面した断崖に穴が掘られ、そこに軍医さんと看護婦さんがいて、敵に見つからぬよう夜の間に担架でそっと運ばれた怪我人や病人を、流れ作業のように手術したり治療にあたっておられたのです」

との青木さんの、その当時を甦らせての生々しい説明と相俟《ま》って、武器弾薬のみならず食糧や医薬の補給が届かなかった状況の中で、手術といっても麻酔薬もなく、正に鬼気迫るうめきの生き地獄の光景が、三十数年を経た今でも容易に想像することができました。

このドンニーでは、お経をあげている間、お同行の皆さんが手で軽く土をすくっただけで、その土と共にお骨がのってくる。それらのお骨が、導師をつとめている私の目の前にみるみるうず高く盛り上げられていく、そんな状態でした。ご遺族の方々のお気持ちはいかばかりか、察するに余りあります。だれかれともなく、みんなが小石や土の塊《かたまり》を拾っては、あたり一面無数の三重、五重塔が涙、涙、涙で積み並べられて、あたかも賽《さい》の河原の如き状況を呈しました。いついつまでも、だれ一人立ち去ろうとする人はいませんでした。

熊本から参加された細川佳代子さんは、いくらでも出てくるお骨を両の掌《てのひら》にうけながら、溢れ出る涙で頬をぬらしつつ「どうすれば、いいんでしょうか」と、もう自分たちだけで帰ることが申し訳ないと、その場にしゃがみこんでしまって立ち去ろうとされない。そのような人々を、暗闇迫るジャングルから、ようやっとお連れし出たことでした。

このように、ジャングルの奥にまで入って、正式に法要をしたのは今回が初めてとのことで、青木さんは目にいっぱい涙をためて、「戦友のおよろこびに代わってお礼を申し上げたい」と合掌してくださったお姿は、そのまま英霊の現れのお姿のように思えてなりませんでした。

〈父と一杯の夢〉

サイパンの夜の海辺で千本のロウソクを立て、千灯供養[*2]をした時のことでした。五歳の時にこの島で父を亡くし、お父さんといえばサイパンを思い、サイパンといえば子供の頃、父なし児としての辛かったことを思い出す、という神奈川県平塚市の国島吾郎君は、お父さんへの呼びかけの言葉の中で、

「社会人になって初めて給料をもらった時に、友達と一緒に一杯やる約束をしていたところ、その日になって友達が〝吾郎ちゃん、悪いけども君との約束はこの次にしてもらえないか。今日は初月給で、親父《おやじ》と一緒に一杯飲むことになったんだ〟と帰って行くその後姿を見送りながら、なんとも言えず羨ましい気がしてならなかった。今でも〝親父一杯やろう〟、これが私のあこがれの言葉です」と、しきりと星の流れる闇の海に向かって切々と語りかけていました。

その時に国島君のいじらしい姿に、既に四十二歳の彼が私にはまるで幼い子供のようにしか思えませんでした。法要が終わると、私は千灯供養のロウソクで火をつけた焚火にお酒の燗《かん》をして国島君に渡しました。彼はそれを浜の砂上にたらたらと流し、また膝頭まで海につかって、

海水にしたたらしては次に自分が飲む、それを何回となく繰り返し、繰り返ししていました。
彼のお父さんは海軍でしたから、あるいは海で亡くなっておられたかもしれません。その夜、彼はだれと話すこともなくホテルの自室へ帰り、そのまま寝てしまったようです。何十年ぶりかで、お父さんのたくましい腕《かいな》にしっかりと抱かれてやすんだことでしょう。
翌日、「おかげさまで、昨夜は親父と一緒にぐっすりとやすませてもらいました」という朝の挨拶、その時の国島君の表情の何と清々しかったことか。その国島君に「今日から高田管長が私の親父です」と言われて、その時はついその気になって「時々彼と一杯飲むお付き合いをしてやらねば……」と思ったまではよかったのですが、よく考えてみると、私はいつのまにか四十二歳の大の男の親父にさせられていた次第であります。

〈過去を未来の糧に〉

サイパン島から南へ、すぐ隣りの小さな島がテニアン島です。ここは、あのおぞましい限りの原子爆弾を搭載した飛行機が、広島に向かって飛び立ったノースフィールド飛行場のある島です。そこには原爆積載地点が残っており、第一爆弾積載地点に「この地点からB29爆撃機に搭載され一九四五年（昭和二十年）八月六日午前二時四十五分、使命を帯びて離陸した」と記された記念碑が立っています。

さらに二百メートル離れて第二爆弾積載地点の標識があります。そこには「この地点より二度目の原子爆弾がB29に搭載され、一九四五年八月九日、長崎に投下された。一九四五年八月十日午前三時、日本国天皇は彼の内閣の同意なしに太平洋戦争の終末を決定した」との文字が刻まれています。まるで原爆が日本に平和をもたらしたかの如き、私ども日本人にとって痛嘆きわまりない、名状しがたい碑文であります。それにしても、今もって原爆等の核兵器によってしか世界平和の均衡を保ち得ぬとは、人類はなんたる業《ごう》の深さでありましょうか。「佳兵《かへい》は[*3]不祥《ふしょう》の器《うつわ》」の最たる極みを思わずにはいられませんでした。

このサイパン、テニアン方面では、海上で地蔵流し供養をいたしました時、北九州若松から同行してくれた高瀬八郎君は、造園業を営み趣味としてダイバーの技術を身につけ、世界各地でそれを堪能している男ですが、まこと崇高な体験をしてくれました。私はこの高瀬君のことは、昨年十二月号の「大法輪」[*4]に書かせてもらいました。

昭和五十二年夏、私は東部ニューギニア、ラバウル、ガダルカナル島等南東太平洋方面へ慰霊の旅に出かけました。ここも名にしおう激戦地で、周辺の海底には今も日本をはじめアメリカ、オーストラリアの船がそれこそ無数に沈んだままになっており、殊《こと》にニューギニア沿岸の海底には、撃墜された日本の飛行機が二千五百機も確認されているそうです。そこには当然、無数のご遺骨が海中に眠ったままでおられるのです。「海行かば水漬《みづ》く屍、山行かば草生《くさむ》す屍……」、これは単なる歌のあや言葉では決してありません。

ニューギニア、ガダルカナル、ラバウルでの約一週間の慰霊法要を終えて、私たち一行は日本へ向かったのですが、南溟《なんめい》の底深くに眠る無数のご遺骨をそのままに放ったらかしておいて、私たちだけが平和と繁栄に酔い痴れ、便利と贅沢と欲望の巷と化した日本へぬくぬくと帰って良いものか。「来年もう一度必ずお参りに来ます」とお約束せずには、とてもあの島々を離れることはできませんでした。英霊とのこのお約束を果たすため、翌昭和五十三年夏、私は再びニューギニア、ガダルカナル等南東太平洋方面、そしてこの年は初めてオーストラリアのカウラへと約半月にわたる慰霊の旅に出かけました（36頁参照）。

私は常々、慰霊法要の旅の度ごとに見る連合軍側の国々の、戦死者への行き届いて立派な墓地に比して、日本のそれは心こもらぬ粗末なものであることが悲しく、情けないと書いたり話したりしていますが、カウラの日本人墓地だけば例外です。それはカウラの町はずれに土地の人々の墓地に隣接してあり、ゆったりと一人ひとりのお墓が並び、その後、豪州各地で亡くなられた日本兵五百数十名が祀られています。その心づかいが行き届いた温かい管理とお守りには、唯々感激あるのみでした。

私たち一行は、無論そこで法筵《ほうえん》を敷いたのですが、二時間にわたる法要に、前市長のオリバーさん、現市長のベネットさん、そしてオースチンさんらカウラ市民の方たちも集まってきて、この法要を心から喜んで、最後まで参列をしてくださっていました。なんとも言えない心の温かい人たちであります。

もちろん、この日本人墓地建設に最初はかなり強い反対もあったようです。戦争という暗い過去を明るい人間の未来の交流に生かそうではないか、とのオリバーさんらの懸命の説得により、現在、カウラには日本文化センターができ、立派な日本庭園とお茶席がつくられ、日豪学生の交歓も行われています。戦争の暗い過去を新しい未来に活かす運動が、意欲的に行われているのは本当に喜ばしくも素晴らしいことです。

その後オリバーさんやオースチンさん、少しあとにベネットさんも来日され、その機に奈良へもお立ち寄りになりました。その折、カウラでの私どもの法要について「あんなに丁寧な法要は初めてで、忘れることができない」、さらに「もう一度、ぜひあのセレモニーのためにも来てほしい」との希望を受けました。

また最近、日豪文化交流にご尽力くださっているオーストラリアのトニ・グリン神父さんの奈良市登美ケ丘カトリック教会が中心となって、奈良日豪教会が誕生しました。私もカウラの方々のご親切が忘れられないので、喜んで会員にしていただきました。

そんなことなどあって、この七月下旬から八月上旬にかけて、私はカウラ、ガダルカナル、ニューギニアの方面へ慰霊法要の旅に上らせていただきます。ご一緒に参加してくださる方があれば有り難いですし、それを願っています。またお葉書なりお手紙で、お亡くなりになった場所、お名前をいただければ御回向をさせていただきます。どうぞ仰言ってください。

〈松尾中佐と母〉

ところでオーストラリアといえば、日本人として忘れてはならない、こんな話もあるのです。大東亜戦争が勃発して約半年後の昭和十七年五月三十一日夜、日本海軍の特殊潜航艇がオーストラリア・シドニーの軍港突入に成功し、敵の軍艦一隻を撃沈、この奇襲にオーストラリア海軍はあわてふためき、あらゆる砲台と軍艦から探照灯を照射し、海中に砲弾を雨あられのごとく射ちこみました。

その時、修羅場と化した海面に特殊潜航艇の一隻が忽然と浮上し、そればかりか、司令塔のハッチをあけて若き一将校が半身乗り出し、悠々と周囲の状況を偵察する姿がくっきりと浮かび上がったのです。そのあまりの豪胆さに度肝をぬかれたオーストラリア軍は、しばしなすすべもなく、ただ呆然と見守っていましたが、やがて戦艦めがけて猛然と突進してくる潜航艇に向かって集中砲火をあびせ、ようやくこれを撃沈したといいます。

この豪胆無双の青年将校は、熊本県山鹿《やまが》市出身の松尾敬宇《けいう》大尉（亡くなられてのち中佐に昇進）でした。オーストラリアでは戦時中にもかかわらず、松尾中佐のみごとな最後を敵ながらあっぱれと、武人の鏡として棺《ひつぎ》を日章旗で覆い、その御魂を遇するに海軍葬の礼をもって行なったのです。これはやはりオーストラリア国民の心の広さ大きさのあらわれでありましょう。

この国を護るために殉じられた一点の私心なき松尾敬宇中佐の行動もさることながら、この松尾中佐を育てられたお母様の立派さを、地元の方々から聞かされること度々です。

母まつ枝刀自《とじ》は昭和四十三年四月、八十四歳の身で、お礼のためとのお気持ちで渡豪され、ジョン・ゴートン首相をはじめ、オーストラリアの方々の大歓迎を受けられました。激しくゆれる船上からシドニー湾海上慰霊をされ、無名戦士の碑、続いて招魂碑に詣で、長い黙禱《もくとう》を捧げるけなげな母の姿は、それを見守る人々に涙の感動を与えずにはおきませんでした。

戦争記念館に今も残されている特殊潜航艇や、息子さんの遺品に接せられた時、さすがのまつ枝刀自も小きざみに体をふるわせ、ハンカチで目をおおわれたといいます。けれども帰国の後、「戦争は二度といやですね」というマスコミの問いかけに、「ばってん、お国が如何《いかん》の場合には戦わんならんですたい」と答えられたと聞きました。

気丈《きじょう》なる日本婦人の典型に接する思いです。しかし、

靖国の　やしろに友と　睦むとも　折々かえれ　母の夢路に
君がため　散れと育てし　花なれど　嵐のあとの　庭さびしけれ

この二首に、昭和五十五年、数えて九十六歳の長寿をまっとうされ、子息のもとへ旅立たれた松尾まつ枝母堂の心根《こころね》の底《てい》と真情の響きが伝わってくるのを覚えます。

＊1南洋興発：日本内地と台湾で製糖業を興していた実業家・松江春次を中心にして、南洋開発と失業者救済のための経済対策として設立された株式会社。製糖はじめ、鉱業、水産業、油脂工業、貿易業等を行なっていた。

＊2千灯供養：無縁仏にロウソクを供える仏事。

＊3佳兵は不詳の器：「佳兵者、不祥之器」（老子）。軍隊にとって良いとされる鋭利な武器・兵器は世の中にとってはよからぬ凶器である意。

＊4「大法輪」（昭和五十六年十二月号）〈慰霊法要の旅に思う〉より。――高瀬君が海中で船や飛行機を探している時、ふっと気がつくと海の中一面に雪が降りしきっている。ぼたん雪よりも大きい雪である。彼にはどう見ても雪としか見えなかった。しかもそれは一定の方向に流れるように降り沈んで行く。初めてそんな光景を見た高瀬君は、なんともいえず不思議な気がしたという。海の中に雪が降る。そして更に驚いた事に、その雪の降り沈んで行く先に潜水艦が、そして零戦が沈んでいたのである。高瀬君が何の気なしに手にとったその雪は地蔵菩薩のお姿の捺された紙であった。海上で私達が地蔵流しを行なっていた、そのお地蔵さまが船や飛行機の沈んでいる場所へ高瀬君を導いて下さったとしか思えない。（中略）翌朝、高瀬君は目を真赤に泣きはらして「今朝、不思議な夢を見ました。昨日私が見た船や飛行機と共に眠っておられるご遺骨は雪国の方々であるに違いない。だからもう一度懐かしい雪を見たいと願っておられたその思いが通じて、地蔵流しの一体一体のお地蔵さんがそれぞれ一片の雪となってご遺骨に向かって降り沈んで行かれたのだ、そうに違いないと強くそう思ったとたんに目がさめたのです」と報告してくれた。――

英霊悔過　サイパン・テニアン・グアム島等
中部太平洋方面　慰霊法要お同行の旅　結願表白

謹み敬って一切三宝の境界《きょうがい》に申《もう》して曰《もう》さく、方《まさ》に今、善男善女、有縁《うえん》の面々相聚《あつま》りて至心の真誠、雑雑《とりどり》の珍菓、飲食を供へ、香華燈明を掲げ法筵《ほうえん》を敷くことあり、其《そ》の志、如何となれば、夫《そ》れ、サイパン、テニアン、グアム等八《や》十島《そしま》かけて中部太平洋方面、戦没犠牲者二十万人慰霊法要結願の碩《みぎり》なり。

伏《ふ》して惟《おもんみ》るに一行九十余名、七月二十日、成田に団を結して和合の誓いを固め、翌朝、鹿島立ち、三時間飛来してサイパン島アスリート空港に着す。旅嚢《りょのう》解くいとまもあらず、サン・ビセンテに向う。　野戦重砲隊潰滅の地、十五糎《りゅう》砲身、丘陵に寂寥《せきびょう》たり。

昭和十九年六月九日、マーシャル諸島の基地を発したる米軍進攻部隊、サイパン上陸を開始米軍十六万七千名を迎撃する我が軍、陸、海を合せて四万三千名、兵寡《へいか》のみならず弾薬武器、これにともなはず、抗すべくもなく、加えて地上の楽園たる島に帰住する在留邦人二万人、婦女子ともども激闘の波、これをのみこむ。艦砲射撃の砲弾はタッポチョー山容の凶変をもたらし、断崖各地に放火の裂穴、今に語る愴絶の相状を。「地水火風空、兵全滅の地は酷暑」まさなり。この地に斃れたるみたま軍人四万三千に、民間一万三千人を加う。

「くもりなき おみなの命 くろかみを 櫛けずるなり 死すべき前に」

大和おみなえしの姿精に啼泣《ていきゅう》の涙。自害の崖、万歳岬に痛嘆の叫び胸をこがすは更なり。ドンニーの野戦病院跡は、髑髏《どくろ》皆これ長城の卒、道傍の白骨愁城《しゅうじょう》を語る。香煙縷々《るる》、万々たる燈影、夜のしじまを照らすれば此地に死せる兵士の遺児ら父を呼び、婦《つま》、夫をもとめ、姉、弟を偲ぶ。友きたりて友を胸懐《きょうかい》に抱きて涙を供養す。慎しみて俯仰《ふぎょう》を深むれば、天これを容れ給うか霓《げい》彩《さい》色鮮かに空を染め、星を降らすこととしきり。

「大君の命かしこみ磯に触《ふ》り海原《うのはら》わたる父母を置き」百隈《ももくま》の道はるけくもテニアンの島、昭和十九年七月二十四日、サイパン失陥して此地に米軍の上陸、戦死者は民間戦没三千五百人を合せて八千五百名。激闘の地、怨念はスコールを含みて人魂《ひとだま》となり、うなりを生じて飛立ちたると聞く。まさしく「魂《たま》北へとびたりし、南洋ざくら真赤」たり。また此島は、天下の禍いは人を殺すよりも甚だしきは莫《な》く、佳兵《かへい》は不祥《ふしょう》の器たるの極みたるともいうべき深重累《るい》の魔機広島・長崎へと発するところなり。然《しか》れば人類の業縄《ごうじょう》を断ち、至心懺《さん》悔《げ》以て魔縁摧滅《さいめつ》を願い、堕地獄世間の救済《ぐさい》を乞う。

懺悔してなお憤り発して言語《こと》を忘る。哀含みて惻痛深く、測り究め難きが為なり。悲愁胸底をぬらして孤城落日の境、空しく語る万里の長征、還りきたらざる英魂の叫びは一片の石になお涙あふれしむ、千村万落、荊杞《けいき》を生ずるの荒廃も、今タガンタガンの繁茂してこれを緑にかくす。然りと雖《いえど》も暮雲千里、灼熱の色、処として心を傷めざるはなし。

今、更に来りてグアム島に到り、ジーゴの慰霊塔に額づき小畑司令官等二万の霊位に回向を重ぬ。「征きし日の面影偲びひれふしし　南の島の砂の熱さよ」。南洋桜の真赤に心をこがし、ハイビスカスの花色に胸を染め、幾十度、幾百歳をかけて返すも、祇徊去る能《あた》はざる思い去り難し、さりながら今、茲《ここ》に期して結願の至心、礼拝の恭敬《くぎょう》を捧ぐ。

茲《ここ》に庶幾《こいねが》う衣食みち足りてなお栄辱を知ることなく、欲望の追求これそこひなき現今日本。平和と繁栄に馴れし心の驕り、酔いて飽くなき我らなれど魂魄《こんぱく》きたりて、我ら同行《どうぎょう》の悲願を哀愍納受《あんみんのうじゅ》、国土安穏、世界平和を守護しましまし各々に兜率《とそつ》の覚路を成じせめ給え。

我が肩に乗りて帰らむはらからよ

　母まつ国はうらぼんの月　妻まつ国はうらぼんの月

怨親平等《おんしんびょうどう》　乃至　彼我不二《ひがふに》　法界成就《ほっかいじょうじゅ》

合掌

昭和五十六年七月二十四日

英霊悔過　一

〈慰霊法要から英霊悔過へ〉

私は今年（昭和五十七年）二月に台湾南方のバシー海峡へ、そして七月二十七日から八月五日まで、オーストラリア、ガダルカナル、東部ニューギニア方面へお参りにあがりました。そこでここでは、オーストラリアならびにガダルカナル、ニューギニア等、南東太平洋方面十日間にわたる慰霊行《ぎょう》の報告を兼ねて、以前にご報告したお話と重複する箇所もあるかと思いますが、この度の慰霊法要についての感懐を述べさせていただきます。

大東亜戦争では三百十万人にのぼる方々が亡くなっておられます。戦争でお亡くなりになった方々は、あきらかに国のご先祖です。まして日本という国は、一民族、一言語、一国家という世界に類のないたいへん恵まれた国柄です。それだけに私たち日本人は、お互いその先祖をたどっていくと必ずどこかでつながっている、いうなればみな同胞、生まれてきた兄弟姉妹、同胞《はらから》である。これが日本民族の特質です。

ですから、決してご遺族の方々だけが遺族ではない。私たち現在生きている日本人すべてが遺族なのだ、という自覚のもとに、戦争で亡くなられたご先祖の御霊である英霊に接することが、日本人のあるべき姿ではないかと思います。

とにかく、三百十万人もの方々が、日本人であるがゆえの共業《ぐうごう》の所感を背負って、私達の身代わりとなって人柱に立ってくださっている、その方々のお命が遺してくださった尊い遺産、それが今日の日本の平和であり繁栄である、ということを私たちは断じて忘れてはならないのです。

年々の私の慰霊行も、こうした気持ちの発露にほかなりません。とはいっても、英霊をお慰めすることができるほどの力が、修行も徳も足りない私にあろうはずがありません。その生命《いのち》でもって、今日の日本の平和と繁栄を遺してくださった英霊に対し、そのほとんどが何ら感謝の気持ち、尊敬の念ももたぬ不真面目きわまる今の日本人のひとりとして、慰霊の名を借りてただひたすら、英霊悔過《えいれいけか》を行《ぎょう》ずるのみなのです。

「悔過」とは過《あやま》ちを懺悔《さんげ》する、つまり私どもが意識するしないにかかわらず犯し続けている罪、穢《けが》れを、仏さまの前に至心《ししん》に懺悔してお許しをいただくことです。

お水取りとして親しまれている東大寺二月堂の修二会《しゅにえ》は、十一面観音をご本尊として行われるので「十一面観音悔過法要」です。私ども薬師寺では「花会式《はなえしき》」という名で親しまれていますが、内容は薬師如来をご本尊とする「薬師悔過《やくしけか》」であります。この悔過の行は、奈良の古くからの行の最も中心をなすものです。

私どもも最初は、せめて慰霊ぐらいはさせていただかないと英霊に対して申し訳がないとの気持ちから始めたのですが、年々法要の旅を重ねていくうちに、英霊の御霊をお慰めするなどとんでもない思い上がりであることに気づかせていただくと同時に、私どもの慰霊行が英霊の前に伏《ふ》してお許しをいただく、悔過の行であることに気づかせていただいたのでした。したがって、英霊に対しただひたすら懺悔してお許しを願い、私どもの子どもや孫や曾孫《ひまご》、さらにその曾孫から生まれてくるかわいい子供や孫の時代までも、日本の国をお守りくださるようにとお願いをする、こうした「英霊悔過」をさせていただくことが、私どもの慰霊法要の大きな意義のひとつであります。

英霊がお仲人ともいうべき私ども同行《どうぎょう》の仲間四十名は、まず香港へ参りました。香港というとだれでも観光、歓楽の巷と思いがちです。ところがその香港で、日本の兵隊さんが亡くなっておられるのです。

香港はシンガポールとともに、イギリスのアジア植民地政策の二大拠点の一つでした。その植民地搾取の呻吟《しんぎん》からアジアの民を解放すべく、昭和十六年十二月八日、大東亜戦争開戦とともに日本軍は香港攻撃を開始、わずか半月余後の十二月二十五日、攻略に成功しました。この時戦死された日本兵は七百五名、負傷者は千五百三十名。なおイギリス軍の遺棄死体は千六百人、捕虜の数は一万人にのぼったということです。

この香港もまた、大地に血潮染みこむ戦場であったことを、そして法要をすべき場所であることを熱っぽく語り、そのことに気づかせてくださったのは、京都から参加された柴田憲助氏でした。柴田さんは戦時中、あちらこちらと転戦された歴戦のお方です。私どもの慰霊法要にはかけがえのない真摯なるお同行であります。柴田憲助氏のその場、その所での適切な当時の状況説明を受けながらの今回の慰霊行でありましたが、その開白《かいびゃく》法要はここ香港で営んだのでありました。どうか皆さんも、香港へ行かれるときは必ず数珠《じゅず》を持参して香港島に向かって般若心経の一巻をおあげになっていただきたいと思います。

英霊悔過は英霊の前に至心に懺悔することであると申しましたが、その懺悔に「上品《じょうぼん》、中《ちゅう》品《ぼん》、下品《げぼん》」の三懺悔があります。経典によりますと、「身体の毛孔《けあな》より血が流れ、眼中より血出ずを上品懺悔という。遍身《へんしん》（全身）の熱汗毛孔より出で、眼中より血流れるを中品懺悔という。そして遍身微熱して眼中より涙出ずるを下品懺悔と名づく」とあります。

ということなれば、私どもの懺悔はとても「懺悔」だなどと一人前にいえるものではありません。それはたしかに、熱帯の陽光にさらされながら法要を重ねるごとに体じゅうが火照ってきて、とめどもなく涙が流れてまいります。ですから、「遍身微熱して眼中より涙出ずる」下品懺悔の序の口への入りかけ程度、それが私どもの懺悔ではないか、と受けとめさせていただいております。

それにしても慰霊行のあいだ中、とにかくよく泣きます。お経をあげては泣き、手向《たむ》けの歌を歌っては泣き、それこそ涙の禊《みそぎ》、それが慰霊法要の常です。

〈涙の供養〉

ところが泣かれないお方もあります。泣きたくても泣けないのです。ご遺族、それもご婦人に多く見られます。結婚生活二年半、三年、あるいは七カ月、八カ月、二カ月、三カ月……、これは極端な場合ですが、「結婚生活三日間」に生涯を捧げておられるお方もおられます。御主人が亡くなられた後、のこされた子供の、そして家族の面倒を見なければ、ということで泣いていられる暇などなかったのです。

その上、「遺族である」という弱味を見せるのは女々しいとの戦前からの考えと相俟《あいま》って、人前で泣けない女性となってしまわれたのです。それでも日に日に法要がつとまって、最後にはやっぱり泣かれます。そして泣きながら「慰霊法要に連れてきていただいたおかげで、私も人さんの前で人並みに泣くことができる女にかえしてもらいました。ありがとうございました」とお礼を言われます。そんな時、私は「それがご主人への何よりの御供養になります。よう泣いてくださいました」とお慰めするのが常です。

懺悔に上品、中品、下品の三懺悔があることを述べましたが、それに加えて「念、時、日」の三懺悔があります。「造罪《ぞうざい》と念（刹那《せつな》ともいい、仏教で最も短い時間の単位で、七十五分の一秒）を隔てずして懺悔の心おこすことを上となし、時を隔てずして懺悔をおこすを中となし、日を隔てずして懺悔するを下とする」、……私どもは三十数年を経た今頃になって、やっとこの頃になって慰霊法要だなんて、そんな大それたことのできるような自分ではない、これは「英霊悔過」であるのだと、懺悔であることに気づかせていただいた。それもただ気づいたというだけのことで、まさしく「下」にも至らざることははなはだしいかぎりです。

鮭は放流されて三、四年経つと成長し、必ず放流された川へ帰ってくるといいます。それは生き物の習性として故郷への回帰力を持っているからです。人間とて例外ではありません。みんな魂の底に、故郷への回帰力を持っているのです。

昨年参りましたグアム島の北部、ジーゴという所で小畑英良《おばたひでよし》司令官以下二万人近い方々が玉砕しておられます。死ぬなれば故郷に、祖国日本に一番近いところで、というお気持ちのあらわれが、北に寄ったジーゴを最後の地に選んでおられるのです。そこには慰霊塔を中心に慰霊公園ができています。

私は昭和四十九年にもグアム慰霊法要に行ったことがありますが、その時、ジーゴの慰霊公園のお世話をしてくださっているグアム日本人会の松本和さんから、「今、このグアム島へは新婚旅行だ、海水浴だといって大勢の日本人がやってくる。けれどもだれひとりとして少し北へ寄っているということでこのジーゴの慰霊塔へお参りにくるものはいないといってもいい状態です。島の人たちは〝自分の国のために命を捧げた人に対し、なんら感謝の気持ちも尊敬の念も示そうとしない。そして自分たちだけはゴルフだ、テニスだ、海水浴だと好き勝手なことをして遊びほうけている、日本人とはなんと得体のしれない不気味な国民だろうか〃と、これが、この島の人たちが日本人を信頼してくれない大きな原因である」と、涙ながらの訴えを聞かされました。

爾来《じらい》、私は身近にグアムへ行かれる人があると聞くと、ジーゴへお参りしてきてほしいとお願いをして、お線香と、また場合によってはタクシー代をお渡し致しております。ちょっと北に寄ってるからと、自分たちだけのことにあそび呆《ほう》けて、何ドルかのタクシー代と一時間の時をそのことに費やすことをしないとは、あまりにも英霊に対して不真面目でありすぎはしませんか。情けない限りです。こうした今日をあらしめてくださっているお陰を不真面目にして、国であれ、家であれ、未来豊かに栄えたためしはありません。

〈わが肩に乗りて〉

魂はたしかに祖国へ飛び帰られます。やはり、昨年参りましたテニアン島（サイパン島の南、すぐ隣りにあり、ここはB29が原爆を搭載して広島に、長崎にと向かって飛び立ったおぞましい人間の性《さが》を象徴する島です）で法要をした時のことです。一行の中で岐阜から参加された豊田進氏から法要に先立って次のような話を聞かされました。

「サイパン陥落後、米軍は、どっとテニアンにへ押し寄せた。補給路を断たれて丸腰同然の日本の部隊は、来る日も来る日も次から次へと全滅してゆく。部隊が全滅した日には夜になると必ず猛烈なスコールがやってきた。そして、そのスコールと共に何十何百という人魂が唸りを生じて北を向いて消えていった……」

北を向いて、というのは「ふるさと日本へ向かって」ということであります。この豊田さんの話を聞いて青森県八戸から参加された俳人の豊山千蔭《とよやまちかげ》氏は、

魂《たま》北へ　とびたりし　南洋ざくら　真赤

と詠まれました。私どもは、咲き乱れた南洋ざくらと聞かされた枝葉を生い茂らせている木の根元に法筵を敷いたのでした。

敵弾にあたって壮烈な死を遂げられた兵隊さんは、まだ幸せです。弾丸にあたった勢いで、一気に祖国日本へ向かって飛び立つ力がありますから。けれども、祖国へ帰る力のない方々も多勢おられるのです。武器、弾薬、医療品、そして食糧等、あらゆる補給路を断たれ、人間の極限状態の中を彷徨しながら命果てていかれた方々がそうです。

餓死の島の「ガ島」といわれたガダルカナルでは、二万数千人の方々が、草の根、トカゲ、ネズミなど食べられるものは何でも食べ、最後は蛆虫に巣喰われる状態で気息奄々《きそくえんえん》、果ててゆ

かれた兵隊さんたちは、魂となって祖国へ飛び帰るにも、その力をさえ出すことができないのです。ですから、私どもは魂のお出迎えに上がるのです。

私どもの慰霊行が七月、八月が主でありますのは、祖国日本ではお盆の月だからです。

わが肩に　乗りて帰らん　同胞《はらから》よ
母待つ祖国《くに》は　盂蘭盆《うらぼん》の月
妻待つ祖国は　盂蘭盆の月
子ら待つ祖国は　盂蘭盆の月

私達といっしょに、お盆の日本にお帰りになってください――、御魂に祖国へお帰り願う魂《たま》乞《ご》い、なんといっても、それが私どもの慰霊行の基調であります。ですから、私どもにとっては慰霊行から帰ったその日が、毎年お盆の入りなのです。

靖国神社参拝を否定するなど、それは言語道断ですが、その靖国神社さんも積極的に、自ら帰りたくても帰ることのできぬ英霊の御霊のお出迎えに上っていただきたいものです。それもお宮の予算ではなく、宮司さんや神官が自腹を切って行っていただきたいのです。

〈死は泰山より重く〉

ガダルカナルへは今回も参りました。三度目です。ガダルカナル撤退作戦で上陸用の小さな舟で、米軍に見つからぬようにそっと海岸に近づき、生き残りの日本兵を乗せて沖合の輸送船に運ぶのですが、そのとき乗り遅れて亡くなられた方々が沢山おられます。

今、その海岸に私どもの泊まったホテルが建っているのですが、そうしたことを思うにつけて、胸のしめつけられる思いがしました。そのホテルで、一行の中には、夜、ドアの把手《とって》が「ギチッ、ギチッ」と音をたてて動き、気味が悪くて眠れなかったという人がおられます。また、「日本へ帰りたい、連れて帰ってくれ」という声にうなされて、一睡もおできになれなかった人もおられます。

今回、私もそのホテルで夜を徹して結願の表白《ひょうびゃく》を書いていた時、八月三日の明け方でした。何か全身ゾーッとしてただならぬ気配を感じました。私にとっては初めての経験でしたが、このホテルで異様な体験をされるというのはこういうことなんだな、と思ったことでした。魂乞いにどうしても行かねばなりません。

話は前後しますが、最初の法要地、香港を発って、私ども一行は七月二十八日、オーストラリアへ向かいました。そして翌二十九日、首都キャンベラの戦争記念館前庭におかれてある（私どもから見ればお祀りされてある）特殊潜航艇の前で法要いたしました。この潜航艇には戦争中軍神と崇められた熊本県山鹿市出身の青年将校、松尾敬宇《けいう》中佐が乗っておられたのです（110頁）。

このキャンベラをあとに、私どもはカウラへ参りました。カウラはオーストラリア内陸部にある人口約八千の小さな町で、私にとっては二度目です。この小さな町に戦時中、ガダルカナル、ニューギニア方面で捕虜となった日本人の収容所があったところです。このカウラのことは以前書きました（36頁参照）。

この〝捕虜〟ということについて思うのですが、あの方々も捕虜になりたくてなられたのではない。どうしても捕虜とならねばならぬ事情があったはずです。あるいは卑怯でなられた方もあったかもしれませんが、だからといってそれをみんなひくるめて、「生きて虜囚《りょしゅう》の辱《はずかしめ》を受けず、死して罪過の汚名を残すなかれ」と、これを生き恥扱いするのはいきすぎでありました。

そうでなくても日本人は、国に対する忠誠心は旺盛です。戦後日本の目ざましい復興と繁栄、それは人柱に立ってくださった方々に、その土台を築いていただいたのはいうまでもないことですが、戦後日本人が身を粉にして一所懸命働いた、その働きが大きな役割を果たしていたことも事実です。

いざという時、日本人は一身をなげうつことを平気でなし得る国民です。司馬遷に「死はあるいは泰山《たいざん》より重く、あるいは鴻毛《こうもう》よりも軽し」という言葉がありますが、自分の身命を鴻《おおとり》の羽毛よりも軽いと考えて、これをいさぎよく捨てる思想があります。だからこそ、今日の日本があるのです。けれども、そうした国民の命をあずかる指導者たる者、同様に、民の命を軽く扱ってもらっては困ります。あくまでも、人々の命を泰山の重きにこれを惜しむ精神があらねばなりません。戦時中、軍隊の指導者にこの精神が欠けていたことが悔やまれてなりません。

このカウラには日本文化センターができ、立派な日本庭園とお茶室がつくられ、日豪学生の交歓も行われています。戦争による暗い過去を、新しい未来に活かそうとのオリバーさんたちの提唱による運動が、意欲的に行われていることは以前書いたとおりです。

今回再びこのカウラへ参り、一日は法要をし、一日はカウラの皆さんに今後もお墓に眠っておられる日本人のお祀りをよろしく頼みますとの願いと、お世話になっておりますとのお礼の意味をこめて、お茶会を開かせていただきました。

オーストラリアは今ちょうど冬で、寒い真夜中でした。そこで日本庭園での野点《のだて》は断念しまして、日本文化センターの中に急ごしらえのお茶席をつくり、そこでお茶会をさせていただきました。小学生、中学生、高校生も多勢来てくれました。

その折、オーストラリアに着いてから、私ども一行の案内を兼ねていろいろお世話くださったスミス・チカコさん（日本人でオーストラリア外交官夫人）が、お茶会に来てくださった人たちに、五時間にも及ぶ長いお茶会でしたが、その間ずっと立ちっぱなしで、お茶を通して日本文化というものを一所懸命に説明してくださいました。その少しでも日本の歴史や伝統を、このオーストラリアの人々に理解してもらいたいとの真摯なお姿に、やっぱり日本人だなあと感激させられたことでした。

ところで、日本庭園建設のために、人口八千人のカウラ市が二千数百万円の借金を背負っていることを出発前に新聞で知りました。カウラにしてみれば大変な借金です。そこで同行の方々にもご協力をいただき、わずかですが借金の返済の一部にでもとお届けしてまいりました。

〈御詠歌〝星影のワルツ〟〉

七月三十日、お茶会が終わってすぐ、私どもはカウラを発ちシドニーへ、そして翌朝、シドニーからニューギニアのポートモレスビーへ向かいました。

ニューギニアは現在、西半分はインドネシア領ですが、東半分はパプアニューギニアとして独立しています。そのパプアニューギニアの首都がポートモレスビーです。到着するなり私どもは山の奥に入り、「目指すポートモレスビーの灯が見ゆ」との言葉を耳にされたお方もあると思いますが、そのイオリバイワの地の近くまで行って法要を致しました。

そのイオリバイワの地でも、多勢の日本兵が亡くなっておられます。ニューギニアの北部に上陸した南海支隊は、ニューギニアの中央を走っている、高いところでは三千メートル、四千メートルもあるオーエンスタンレー山脈を越えてポートモレスビーに向かったのですが、赤道に近いということで、夏装備での強行軍でした。そのため堀井富太郎支隊長をはじめ一万人中、七千六百名の多数がお亡くなりになっています。いくら赤道に近いとはいえ、三千メートルから四千メートルもの山々がつづく山脈です。雪も降れば、氷もはっているのは当然です。そんなところを夏の装備のまま突進したのですから、まるで無謀な自殺行為だったわけです。

そして八月一日、ポートモレスビーから、先にすこし述べましたが、ガダルカナルへ。ガダルカナル島と、その隣りにあるサボ島という小さな島の間で激しい海戦があり、その海底には、鉄底海峡とよばれるほど、日本をはじめとするアメリカ、オーストラリアの船や飛行機が無数、今も沈んだままになっています。そこには当然、累々たるご遺骨が眠ったままでおられます。

ひとつガダルカナルに限らず、激戦地周辺の海底にはおびただしい数のご遺骨が眠ったままでおられるのです。「海行かば水漬く屍、山行かば草生す屍……」、これは単なる歌のあや言葉ではありません。

ガダルカナル、ニューギニアへはこれまでに二度、法要に上がっています。その都度、詳しい報告を申し上げております（20・39頁参照）。

私ども一行は八月三日、ガダルカナルから再びポートモレスビーへ戻って参りました。そして夜の七時半から、エラビーチで結願法要をいたしました。

鹿児島からニューギニア航空で直接ポートモレスビーに飛び、到着後直ちに真暗闇のエラビーチで十四万人の方々が亡くなっておられるニューギニア全土に向かって祭壇を設け、最初の法筵を敷きました。その際、私はあらかじめ声の良いおとうと弟子に、お経が終わってみんなが手向けの歌を捧げる時、私のかわりに遠藤実さんの「星影のワルツ」を英霊の御霊に手向けてほしいと頼んでおきました。

私が遠藤実さんにはじめてお会いした時、「〝星影のワルツ〟は御詠歌ですな」、これが最初に交わした言葉でした。以来、親しくお付き合いをいただいていますが、遠藤さんは宗教味の深い温かい曲を作られる、得難い作曲家であります。「星影のワルツ」は、今では私どもにとって慰霊法要のお同行の大切な御詠歌です。

以来、エラビーチは印象深い思い出の地であると同時に、南東太平洋方面慰霊法要の初心の地でありますが、今回も結願法要をこの地で、やはり夜の法要でいとなませていただきました。

〈三枚の**感状**〉

ところでここで、ご紹介しておきたい話があります。今回の慰霊行参加の中に、奈良県橿原市の吉村新一さんという方がおられました。大正六年生まれの素朴な感じのお人です。その吉

村さんがシドニーの飛行場で、たまたま私の横に座られた時でした。別に何の挨拶のないままにいきなり、

「あんな、管長はん、わしこないだ、ちょっと中国へ行ってきましてん」と言われるのです。

「ほう、中国へ……、どんな団体で？」

「わし一人で行ってきましてん」

「一人で、よう行きなはったな」

「わしに会いたい言いよる人がありましてな、ほんで会いに行ってきましてん」

といった調子で続けるその話を要約しますと、次のような内容です。

——吉村さんは戦時中、衛生兵として中国におられた。そして攻略した蘇州《そしゅう》で、元来お寺参りが好きなお方なので、あるお寺を訪れた時、そこで体を寄せあって泣いている三人の子供たちを見つけました。事情を聞いてみると三人は兄弟で、戦争のために親と離れ離れになってしまったのだという。子供たちがかわいそうなので放っておくことができず、吉村さんはそのお寺にかけ合って、子供たちのために寺の一部屋を貸してもらい、子供たちの面倒をみることになりました。毎日衛生兵としての勤務を終えてから夕方五時、六時になって子供たちのところへ行く……、そのために吉村さんは半年間の給料を前借りされたそうです。

そんな吉村さんの行為に対し、

「なにも、よその国の子供の世話などしなくてもいいではないか」

と嫌味を言われたり、当時はまた、そうしたことがスパイ行為につながるような見方もされかねぬ時代でした。しかし、だれに何と言われようとも、

「戦争というものは女、子供、年寄りには関係ない。若い者同士がやってるんだ。そんな戦争の犠牲になっているかわいそうな子供たちを見捨てることはできない」

と、吉村さんは子供たちの面倒を見続けられました。そのうち憲兵隊に呼ばれ、師団長からも呼び出しがきた……。

「わし、師団長の前でも思うていること、精一杯平気で言うたりましてん。年寄りや女、子供は戦争しとらしまへん。関係おまへんやないか。戦争してるんはわしらだけだんねん。かわいそうな子供がいたら、人情からしてあんじょう（ちゃんと）したらんならん。と、こう思いまんねや。そしてわし、給料前借りして子供らの世話してまんねん」

するとと師団長は、

「吉村君、お前はえらい、ええことしてくれた」

とほめてくれたそうです。

「そして師団長は、わしに感状*くれよりましてん、そしたら憲兵隊長もくれよりまして。病院長もくれよりました。わし三枚感状もらいましてん。こんなん他におまへんねんで」……。

それはそうでしょう。私はこの話を聞いていっぺんに吉村さんが好きになってしまいました。結局、吉村さんが子供たちの世話をして八カ月、親が見つかり、子供たちは無事親もとへ帰ったということです。

吉村さんが面倒をみた三人の子供たちは今では立派に成長し、命の恩人である吉村さんにどうしても会いたい、探してもらえないか、と日本の役所に連絡があり、三年八カ月かかってやっと、奈良の吉村新一さんであることがわかったのだそうです。そして向こうでそんなに会いたがっているのなら、私の方から行こうということになって、吉村さんは中国へ行ったというわけです。

「上海で飛行機降りたら、えらい手ふっとりまんねん。だれを迎えにきとるんやろ思うたけど、ほかにこれいうてだれもおらしまへん。わし迎えにきとりまんねん。四十年たってもわしのこと、ちゃんと覚えてくれとりましたわ。えらいもんだんなあ」

こうして無事子供たちと再会できた吉村さんは、来年の秋にでも今度は三人の子供たちを奈良へ招待しようと思っている、ということでした。

このようなことを、今のマスコミはなかなか取り上げてはくれません。そのくせ軍隊でもほんの一部の人たちのとった非道な行為を、まるでみんながやったかのように大々的に書きたてて、故意に国民の意気を阻喪《そそう》させる方向へともっていく、一体どこの国の人間かといいたくなる、まことに困った風潮であります。

日本の兵隊さんたちが戦地で、そこここで、現地の住民たちを親切に扱ったのも事実です。その証拠に、慰霊法要に行っても現地の人達が「私たちのおじいさんが、おばあさんが、日本の兵隊さんに親切にしてもらったと喜んでいた」と懐かしそうに親しげに話してくれます。そして法要をしても、そばに寄り集まってきて、いっしょに手を合わせてくれます。これが南の島々で法要をした時の真実の姿なのです。

吉村さんのように心温かい兵隊さんがたくさんおられたはずです。ほんの一部をあたかもこれが全体であったごとき、自虐的風潮を助長させないでほしいと、今日のマスコミの動静に憤りをさえおぼえます。進出だ侵略だと喧《かまびす》しい現状のこんにちに、さらにこの感に堪えません。

＊感状：特に優れた功労をしたことに対する栄誉のひとつで、賞状の形で贈られる。

英霊悔過　オーストラリア・ガダルカナル・ニューギニア方面等　慰霊法要　結願表白

謹み敬って十方《じっぽう》、三世《さんぜ》、諸仏諸菩薩、一切の神祇《じんぎ》天地万霊に曰《のたまわ》く。

方《まさ》に今、日本各地より有縁の善男善女、一座に会《え》して、祭壇をしつらえ、地蔵菩薩の宝前を調御《ちょうぎょ》して風《かぜ》潮騒をともないてきたり、三五夜中の満月こうこうとして背をてらす、ここエラビーチにて法会を厳修するところその志趣如何となれば夫《そ》れ七月二十七日、伊丹空港に集い団を結して、鹿島立ちたる四十名、香港に法筵《ほうえん》を敷いて慰霊法要の開白《かいびゃく》を営み、八月三日夜此処《ここ》パプアニューギニア、首都ポートモレスビー・エラビーチにしてニューギニア全土及び周辺戦没者鎮魂ならびては今回慰霊行結願の砌《みぎり》なり。

伏《ふ》して惟《おもんみ》れば、昭和十六年英軍十二月二十五日降伏するところなるも、シンガポールと共に英軍アジア植民政策の二大拠点の一なり。

彼我すなはち干戈《かんか》の難、斃《たお》れる将兵を弔《とむら》い、一飛する南東の彼方、暁天、夜の戸《とばり》を開けば豪洲之大陸、眼下に展《ひら》く、キャンベラに軍神松尾敬宇《けいう》の桓桓《かんかん》たるを仰ぐも、母堂の「きみがため　散れと育てし花なれど　嵐のあとの庭淋しけれ」に臨行蜜々喃喃《なんなん》として言語を教へ一一《いっいっ》毛衣を刷《は》くの母情に哭《こく》し、戦争記念館日本之室に千人針のおさまる慈母手中の線《いと》寸草、三春《さんしゅん》の暉《かがやき》を偲ぶ。

カウラの墓苑、天蒼々《そうそう》山野茫々《ぼうぼう》、風吹き草低《た》れて牛羊見《あら》はるの風情に孤雲の外《そと》、生きて虜囚の辱をそそぐの人、孤蓬《こほう》万里を行きて人は分かる千里の思い、手を握りて長歎の涙滋《しげ》しと雖《いえど》も、オリバー市長らカウラ市民まさしく人生の情有り、碑銘整いて緑園清々たり、日本庭園の岩清水は闇を洗うて流れ転じて明《めい》を活《うるお》す。

日本文化センターに遠州流茶道滾潨会《こんしゅうえ》、催して茶筵《さえん》を設く、参ずる人数えて千名に垂《なんな》んたり、同行各位随喜してこれをはげます。和気みなぎりて文《あや》に情生じ、情は面《おもて》にあらはれ、唯々覚ゆ両腋習習《りょうえきしゅうしゅう》として清風の趣。

ニューギニアは東部ポートモレスビーの灯が見ゆイオリバイワの地に近く、遙けくも望むオーエンスタンレーの山脈、南海支隊の勇猛の能狼《のうろう》も衆犬《しゅうけん》に敵し難く、寸を進めずして尺を退《しりぞ》く計を失えば千里の行、遂に足下に乱るの初め暮雲に心を傷む。

遂に来る八月一日ガダルカナルの悲島、昭和十七年八月七日、米国軍上陸して以降七ケ月の劇戦、敗惨の極地なり、頬を誘いて吹くムカデ高地の風、蕭々《しょうしょう》として愁殺《しゅうさつ》、出ずるも亦《また》愁え入るも亦愁いて心思《しんし》言うこと能はず、腸中車輪の如くに転ず。

丸山道の洞窟は榛棘《しんきょく》（いばらがむらがる）生じて蹊径《けいけい》由る所を失いて到る。鬼哭啾啾《きこくしゅうしゅう》として声天に沸く。残せし妻子行くさきざきのことなるか「防人に立ちし朝明《あさけ》の金門出《かなとで》に手放れ惜しみ泣きし子らはも」はた我れを生みて労悴したまう哀哀《あいあい》たる父母のことなるか、征夫心に懐うてその多きを察すれば独り愴然《そうぜん》として涕《なみだ》のくだり、軍に輜重《しちょう》なければ則ち亡び、糧食《りょうしょく》なくして則《すなわ》ち絶ゆることを恨む。

碧海青天ガ島の朝《あした》、鉄底《てつぞこ》海峡数百の鉄船《ふね》、無数の飛機、見ずや青海の底何《ほとり》ぞ堪えてきたる四十の歳月、白骨累々、人の収むるは無く、屍は峡谷地中の奥に喪はるルンガ空港、見晴らしの台、夜来の雨の乾草をうるほすオースチン山《やま》中腹、見はるかして感ずるところ、花を血潮の紅に染《し》むをなげき、別れを惜しんでは鳥に心を驚かし、万行に朝の涙を瀉《そそ》ぐ。ガダルの島。これはらから二万有余の青山たり。

月尽くるも悲しみは尽き難く、年新たにしてなほも愁いは新たなるを胸臆《きょうおく》にのこし、今飛びて帰るエラの海岸。思えば昭和五十二年来りて南東太平洋方面慰霊法要初心の地なり。耳底に蘇る父を此の島に捧げし遺児壮年《おとこざかり》に及び来たりて「お父さーん」と声を涙に絶したる叫びの生々しく尚も胸にこみあげきたり、哀人感傷の度愈々《いよいよ》深く物に触れて悲心、増しきたりて千里夜愁の積もる。古戦の城跡何処のところか求めてゆくところ野に蔓草繁りて戦骨に宗《まと》い、残陽何の意《こころ》ぞ空城を照らす。

ニューギニア全土、ならびて周辺戦没の霊十五万と聞く。ソロモン海域十三万体、昼夜をかけて至心恭敬《くぎょう》の礼拝を捧ぐともブーゲンビル島四万五千柱に残心深し。

朝に露を踏み、夕には南十字星を仰ぎ、回を重ね日を積みて回向礼拝、なほ去ること能《あた》はざるも、期して結願の筵《えん》に座して身心の限りを捧ぐ。

わが肩にのりて帰らんはらからよ　母まつ国はうらぼんの月

わが肩にのりて帰らんはらからよ　妻まつ国はうらぼんの月

わが肩にのりて帰り給えはらからよ　子らまつ国はいまうらぼんの月

征きし日の面影偲びひれふしし　南の島の砂の熱さよ　　（中澤政子）

わが夫《つま》の雄々しく散りしガダル島　血潮の土ぞ恋しかりけり（轟とし子）

ささげたる命なりせどにぎりめし　たらふく腹にたべて死にたし

思いいよいよ断腸に沈む

仰ぎ願ふ平和と繁栄に慣れし心の驕り　民畏を恐れざれば

大威至るの感やみがたき　祖国日本の今たり

といえども、魂魄《こんぱく》還りきたりて子々孫々扶桑《ふそう》の国を守護し給え、英魂《みたま》心あらば来りてわれら有縁善男善女の願いをきこしめし共に祖国へ同行、正覚《しょうがく》々路の白善回向を哀愍納受し、遺族らの思いに納饗を垂れ給え。

乃至《ないし》法界《ほっかい》平等《びょうどう》利益《りやく》　乃至《ないし》彼我《ひが》平等《びょうどう》怨親《おんしん》利益《りやく》

合掌

昭和五十七年八月三日

英霊悔過　二

〈平和と繁栄の意味〉

今年の夏（昭和五十八年）七月二十三日から八月三日まで、西イリアン地区（西部ニューギニア）を中心にインドネシア国へ慰霊法要の旅に上らせていただきました。

慰霊法要の旅などと簡単に申しますが、私どもの如き者のお経で英霊をお慰めしてお救いすることなど到底できようはずがありません。とにかくおかくれになった英霊たちの、その死なれ方の無惨なることを思えば、私どものようななまくら僧侶のお経ではとてものことじゃないですが、及ぶべくもありません。ただ慰霊法要といえば、世間にわかってもらいやすいのとともに、何時《いつ》の日にか私も英霊をお慰め申し上げることのできるお経のあげられる、修行の足りた僧侶になりたいものとの願望が、慰霊という言葉の中に含めて、この名称を用いさせていただいています。それで私ども慰霊法要、つまり英霊悔過の行《ぎょう》をさせていただいているのです。

私は毎年一度、あるいは二度、寺から時間をもらって、慰霊法要の旅に上らせていただいていますが、それが十年もたって、三、四年前頃になって、私に「慰霊法要」なんて大それたことができるわけがない、これは「英霊悔過」の行がかかったものだと、ようやっと気づかせていただいた次第です。

「悔過《けか》」とは過ちを懺悔《さんげ》すること、つまり私たちが意識無意識、自覚無自覚のままに犯し重ねている罪穢《けが》れ（罪穢れを犯すことなくして生きていくことのできないのが、我々人間なのではありますが）を自覚して仏の前に至心に懺悔して、国家の繁栄、国民の幸せ、そして世界の平和と調和を祈願する行法であります。

お水取りの名で親しまれている東大寺二月堂の修二会は、十一面観音をご本尊として行われるので、正確には「十一面観音悔過」と呼ばれます。私ども薬師寺では、三月に薬師如来をご本尊として「薬師悔過」が修せられています。悔過の行法については、お水取りや花会式にお参りをされてご存じの方も多いと思いますが、五体投地[*1]をして声の限りをふりしぼり、仏さまの前に身心の至誠を捧げる、本当に厳しく激しい、活力に満ち溢れた行法です。

慰霊法要について、私も最初のうちは、せめて慰霊ぐらいはさせていただかねば申し訳がないとの気持ちから始めたのですが、年々法要の旅を重ねていくうちに、十年も年を経た今ごろ、私自身の気持ちの中に、「英霊に対する悔過の行なのだ」という思いがしてまいりました。ですから、英霊の前に過ちを懺悔して、どうぞ日本の国を、私どもの子供や孫や曾孫を末ながくお守りください、そして日本の国が世界の調和の向上に役立つ国にしていただけますようにと、まず過ちを至心に懺悔して、これらのお願いに身心で恭敬《くぎょう》の限りを尽くします。この懺悔が、私どもが慰霊法要と申させていただいている法要の、大切なひとつの大きな意味であります。

何を、なぜ懺悔するのか。それは当然でしょう、三百十万人を超える方々が、あの大東亜戦争でおかくれになっています。そのうち二百五十万人の方々が軍人、軍属[*2]の名のもとにお亡くなりになっているのです。そのおかげで、現在の私たちの生活があることを忘れてはなりません。

家族の中で誰かが良いことをすれば、家族全体が誇らかな気持ちになります。逆に、家族の中で誰か一人が良からぬことをしでかすと、家族全体が世間に対して肩身のせまい思いをせねばなりません。これを家族一人ひとりの業《ごう》（行為）のほかに存在する、共通の業で「共業《ぐうごう》」といいます。

同様に、日本の国にも我々国民一人ひとりの業のほかに、その国民一人ひとりが受けねばならない国民共通の共業、国の業があります。家には家の、社会には社会の、国には国の共業というものがある。この日本の国の共業というものがある。この日本の国の共業の所感を背負って、私どもの身代わりとなっておかくれになってくださった方々の尊い命のご遺産が、今日の日本の平和であり繁栄です。過去のお陰を忘れて、これを不真面目にして、家であれ、国であれ、未来豊かに栄えたためしはありません。

私どもは今、命のご遺産そのものともいうべき平和と繁栄をいただくに相応《ふさわ》しい日々の生活をしているといえるでしょうか。いいえ、まことに不真面目な限りであります。便利と贅沢と欲望に満ち溢れた繁栄と平和に馴れ、心の驕りに対する報いの恐ろしさを思わずにはいられません。だからこそ、この法要の旅に上らせていただかずにはいられないのです。

経典によると、「身体中の毛孔より血が流れ出で、眼中より血出ずを上品懺悔という。遍身の熱汗毛孔より出で眼中より血流れるを中品懺悔という。そして遍身微熱して眼中より涙出ずるを下品懺悔と名づく」とあります。ということなれば、私どもの懺悔は、懺悔だなどと一人前に言えるものではありません。言わせていただけたとしても、せいぜい下品懺悔の序の口への入りかけ程度のものでしかないと思います。

また上、中、下品の三懺悔に加えて「念、時、日」の三懺悔があります。「造罪《ぞうざい》と念を隔てずして懺悔の心おこすことを上となし、時を隔てずして懺悔をおこすを中となし、日を隔てずして懺悔するを下とする」

私どもは慰霊法要をはじめて十年を経て、ようやっとこの懺悔に気づかせていただいた。それもただ、気づかせていただいたというだけで、まさしく「下」にも至らざること甚だしい限りであります。

〈日本人と現地の人たち〉

私どもが今回参りました西イリアン地区は西部ニューギニアで、インドネシア領になっています。同じニューギニアでも東部はパプアニューギニアといって独立国です。そして西イリアンへ入るには、インドネシアへ着いてから入国手続をせねばならぬという、ちょっと複雑な事情があるようです。

そこでまずデンパサールという所に着いて、そこから西イリアンへ向かうのですが、このデンパサールというのは観光地として有名なバリ島の街です。そこには大きなホテルがあり、おそらく半分以上は日本人が宿泊者でした。

ところがその日本の若者たちの風体たるや、思わず目をおおいたくなるほどでした。特に悪いのは若い女性たち、それがもう皆、素裸同然の姿でホテルの中までも歩きまわっているのです。まるで、男性を挑発するために歩いているようなものです。ですから、デンパサールの空港には、そんな日本人を意識したとしか思えない「こういう姿で空港を歩かないでください」といった絵入りの貼紙がしてありました。それはまったく、世界中に顰蹙《ひんしゅく》をひろめている行動です。まことに嘆かわしい次第です。

慰霊法要最後の日でした。西イリアンより戻ってまいりまして、八月二日午前十時半から午後一時頃までかかりましたが、このデンパサールのホテルで庭を借り、結願法要の法筵を敷きました。西イリアン地区ならびにインドネシア国全域の英霊に対する結願法要を、そこから真東に広がるスンダ海域に今日なお沈む船とともに、白骨累々山なす状態五万三千柱の英霊に対する思いをも含めて、一行三十四名、涙を流して礼拝恭敬《らいはいくぎょう》を捧げ、お経をあげているのです。

ところがその最中、その横を通る日本人のだれ一人として、手を合わせて通り過ぎた者、また項《うなじ》りを垂れて過ぎ行く人はなかったと法要が済んだあとで聞きました。けれどもホテルに勤めている現地の人たちなど十数人の方々が、私共の後ろに立って手を合わせてくださっていました。その合掌してくれていた方々と話をしたとき、このホテルは日本の賠償金で建てられたのだと聞かされました。私どもがその戦争で亡くなった人々のために法要をしていることを理解したから、お参りしているのだとのことでした。

インドネシアは、ほとんどがイスラム教の国です。ところがバリ島は九割までがヒンズー教とひとつにとけ合った仏教徒だそうです。あのジャワの有名なボルブドールも、仏教とヒンズー教が渾然と融合してできている宗教遺産です。お釈迦さまの「おかげさま」の御教えを生活の中に心あたためられている人々なのです。

ところでホテルの庭は芝生です。そこで法要中に、御供養の護摩木《ごまき》を積んでおいたのですが、これを焚《た》くと芝生が燃えてしまうということで、いちおう積むだけ積んでおいて、回向を終えたあと海辺へお運びして、そこで燃やすことにしていました。さて、それをする段になった時、私たちの言葉がわかったのですね。責任者がホテルの社長の了解を得ているからと、その場で「このまま供養の火を燃やしてもらってよろしい」と言ってくれたのです。

たいへんな相違でしょう。たくさんこのバリ島へ来ている日本人ですよ、夏休みにこうして海水浴にこんな遠い所まで赤道を越えてですよ、やってこれるのは一体だれのお陰で、どなたのお命のご遺産でバリ島まで来られるのか、ちょっとでも考えてみてほしいと思いました。過去のお陰に対してあまりにも、無知かつ不真面目でありすぎます。戦争そのものに対する悔過はもちろんでありますが、こうした私ども日本人一人ひとりの、無知かつ不真面目な日々の暮らしぶりについても、悔過せざるを得ないではありませんか。

来年も、二月下旬に鹿児島から沖縄まで船上法要を勤め重ね、沖縄各地を悔過巡拝の旅を計画しています。一人でも多くの方々が参加してくださり、御遺族のお姿を通じて英霊に対して申し訳がたつ生き方を誓ってくださる方が、お一人でも、お二人でも多いことが、これから先の日本のためにも大事なことだと思います。遺族でない方々にもお誘いをいたします。

〈満月の夜の法要〉

さてそれでは結願法要の表白《ひょうびゃく》に即しつつ、この度の英霊悔過法要のご報告を申し上げます。慰霊法要に上がりました時、結願法要ではほとんどの場合に表白を読みます。この表白は普通の法要のときとは違って、前もってつくっておくわけにはまいりません。法要で現地へ行った先々、その法要の度ごとにいろんなことがあり、また思いがけぬ事柄に遭遇します。その現地でなければうかがえない、あの当時の生々しいまでの状況談をお聞きします。そういった法要の都度の思いを重ねて、結願法要の表白を書かせていただきます。

今年の場合は、八月二日の朝七時から書きはじめて十時半、法要開始ぎりぎりまでかかって漸くつくりあげました。ですから、その法要の時は参列の方々には文字になったものを見ていただくことはできません。私も清書する時間もないままどころか、推敲《すいこう》すらする暇なきありさまでした。書いたばかりの文を、節をつけて読みながら訂正を加えて誦《じゅ》しゆきます。けれども、同行の方々はその場その場のことども、ありさまを瞼《まぶた》に思い浮かべ、重ねめぐらせてくださるのです。

私ども同行三十四名は、七月二十三日早朝、成田空港を出発いたしました。旅立つことを「鹿島立ち」と申しますね。着いたところがバリ島のデンパサールでした。私ども一行は、ここからビアク島に向かったのですが、途中飛行機は五千五百柱が鎮《しず》み給うセレベス島（現スラウェシ島）のウジュンパンダン（現マカッサル）に寄港しました。出発までの約一時間、空港で許可を得て読経を捧げました。慰霊法要に来たとの実感が胸底から湧きいでてくる思いでした。

そして一路発してビアク島へ。旅嚢を解くいとまも惜しく、早々に島の南、ボスネックの海岸に法筵を敷き、一万二千柱の英霊に悔過法要をさせていただきました。

霊暉震騒《れいきしんそう》、亡くなられた御霊がふるえさわいでおられ、私どもを迎えてくださっているかの思いにかられました。まだ明るいうちから始めましたのに、法要を終えた時は、すでに十五夜の満月が海面を銀波に染めて、私どもの拝んでいました島の中央草深い戦跡の方向を恍然と照らし出していました。

このビアク島では福井県敦賀からお同行された松永きわ子さんのご主人が亡くなっておられます。松永さんは、ご主人との結婚生活四年間、けれども実質は一年半であったとのこと。松永さんは警察官をしておられたご主人が戦死されたのちは、保育所の保母をつとめて子供さんをお育てになりました。こんな話をしてくださいました。

戦死された最初の頃は毎晩のようにご主人が夢に出てこられたので、それが楽しみで毎晩床につかれたそうですが、その後、[*3]戦死公報が入り、お葬式を済まされた後は、ふっつりと夢に出てこられなくなったそうです。

「それでも今日、帰ってくるだろうか、明日、帰って来てくれるだろうか、と思い続けて気がつくと、四十年経ってしまっていました。今日、こうして主人の亡くなった戦地で法要していただき、四十年間の胸のつかえがとれました」と仰言られました。

また、静岡から参加された大石厚子さん。この方は、お母さんの体内にいる間にお父さんが出征され、この島で戦死されたのです。この大石さんは、

「父は写真の中だけの人で、実際にはないものと思っていました。けれども、父が戦死した現地で皆さん方が真心の法要をしていただき、こらえきれずに溢れでる涙の底から、今までは遠い存在であった父の存在を、自分の胸の中で生《なま》に感じることができました」と。

〈在すが如く〉

私事になりますが、私が父と死別したのは昭和九年、小学校四年生の時でした。今年七月六日、その父の五十回忌を勤めさせてもらいました。私は六十、この歳で父親の五十回忌を勤めて感慨深さ一入《ひとしお》であります。私の娘、都耶子《つやこ》は昭和三十一年生まれですが、彼女にとっては全く馴染みのない祖父であります。都耶子にとっておじいさん、おばあさんというのは、今日健在である母方の祖父母です。ですから、五十回忌のあと馴染みも親しみも薄い祖父の法事について その感想を求めましたところ、確かにそれはそうだけれどと前置きをして、「けれどもお父ちゃまが五十回忌のお勤めを一所懸命している姿を見て、ああ、私のお祖父ちゃんやねんなという気がした」と言ってくれました。

「まつること在《いま》すが如《ごと》く」という教えがありますが、子供たちにとって馴染みのないご先祖も、目には見えないが「在すが如く」にまつりごとをする親の姿で、子供の心の中に先祖への気持ちにぬくもりが育ってくれるのです。

ビアク島の慰霊法要での大石厚子さんのお父様に対してのお気持ちも、亡き父や夫、はたまた兄弟に対する人々のまつることを在すが如き法要が、それまで馴染みの薄かったお父様の御霊を娘さんの胸に呼び寄せたのでありましょう。これからは、今まで以上に胸の中でお父様への思慕をあたため大切にされることでしょう。

もう一度、私の父親の話に戻らせていただきます。父がただ一つ残してくれたもの、それは一冊のアルバムです。父がまだ若くて元気だった一九一八年から二〇年頃、私の生まれる前ですが、南方の開拓調査に出かけていました。その時にジャワのボルブドールへ行っているのです。アルバムの中に、その写真が残っています。そのせいか、私は小さい頃から父の姿にダブラせて「ボルブドール」という名に親しみを抱いていました。ボルブドールの何たるものであるかも知らないままにでした。

今回の慰霊法要では、まず私どもはバリ島のデンパサールに着き、そしてすぐ隣りにあるジャワ島のボルブドールに参ることになりました。これは私が希望したからではなく、思いもしていなかったのですが、西イリアン地区へ入るための手続き上、余儀なくボルブドールに滞在することになったのです。七月六日に五十回忌を勤め、同じ月の二十四日、父の思い出ながきボルブドールをたずねることができました。このおはからいに何とも言えない気持ちでした。そこの八世紀の仏教遺跡で、六十五年前の父を懐かしく思い出したことでした。

どうも私事に時間を費やしましたこと、お許し下さい。話を戻します。

〈〝地獄絵〟に号哭す〉

翌日、起伏の激しい土地のビアク島ですが、島を南から北に縦断してコリム湾での午前中の法要を勤め終えました。その時、その地区の警察署で全員が供養に受けた果汁の生々しい新鮮さに甘露を覚えたのでしたが、赤道直下に近い島の太陽が真上に照りつけるお昼の時間でした。

そのあと、島の中央部山岳地帯に東西二つの洞窟があります。その一つ西洞窟へ入りました。石段をおりて暗闇に向かってゆきました。ここは米軍が一日に八百トンもの爆弾をぶちこんだところです。そのために、窟の一番奥の天岩は陥没して穴があいています。その穴から、ガソリンをつめこんだドラム缶に、火をつけて放りこんだのです。洞窟内の日本兵は、ほとんど焼け死んでしまわれた。

今も岩の天井はすすけています。空っぽのドラム缶が散在していました。そのドラム缶に地下水がポトリポトリと落ちてあたるのですが、その音がポン、ピシャンと洞窟内に反響し、こだまして、あたかも亡くなられたお方々のうめきのように胸に迫ってくるのです。火に迫られて、私どもが出入りした洞窟の穴から逃げ出そうとされた兵隊さんたちに向かって、今度は火炎放射機が打ちこまれたのでした。

まるで地獄絵に出てくる熱炎嘴鳥《ねつえんしちょう》（くちばしから熱い炎を吐き出して地獄の罪人を焼き殺す鳥）です。さらに東の洞窟では、お同行の一人が電灯を照らした瞬間、その光の中にパーッとご遺骨が浮かびあがりました。度肝を抜かれました。そうなるともう、お経になりません。

「修羅《しゅら》驕慢闘諍《きょうまんとうじょう》も畜生愚癡《ちくしょうぐち》の残害《ざんがい》も飢にのぞみて子を喰《くら》う餓鬼の思いぞ哀れなる、苦患《くげん》の程は如何ばかり、心も言葉も及ばれぬ、地獄、焦熱、阿鼻叫喚《あびきょうかん》」*4「地蔵和讃《じぞうわさん》」の節節句句に悲憤、胸気を慷衝《こうしょう》して止まず。爆して洞窟の天岩を摧陥《さいかん》し窟内は熱《ねつ》炎嘴鳥《えんしちょう》の業火《ごうか》燃ゆ、佳兵《かへい》は不祥《ふしょう》の器なり、争いは逆徳《ぎゃくとく》の最たり。これ誰が業縄《ごうじょう》の縛《ばく》するところぞ……。まったくこの通りの気持ちで、それこそ必死でみんなが和讃を絶唱いたしました。

　私の隣りで松永さんは全身を打ちふるわせて戦慄《わなな》きの極たる合掌のお姿、それは亡き御主人との感応での魂のひとときであったかもしれません。一体だれがこんな苦しい目に合わせたのか、もう呻《うめ》かずにはいられませんでした。申し訳なさの号怒《ごうど》ともいうべき号哭《ごうこく》でした。

　戦時中のことです。お国のためには命も鳥の羽毛よりも軽く、身を鴻毛《こうもう》の軽きにして多くの兵隊さんたちが命を捧げられたであろうことは確かです。けれども、それを扱ってくれる指導者は命を泰山《たいざん》の重きにおいて受けとめてくれなければなりません。けれども日本の軍隊の場合、泰山の重きにおくどころか、兵隊さんたちが身を鴻毛の軽きにいたしたそれに意を得てか、それ以上に人の命を軽く扱いました。これは戦闘現場へ慰霊法要に上がるたびに強く感じることです。

　兵隊さんの命を大切に扱ってくれていたら、とてもそんな危険な所へ人を送ることなどできなかったでしょう。それをまるで虫けら同然の扱い方……。そうでなかったとしても、結果的にそう思わざるを得ないような兵員配置、運送計画です。それも武器弾薬どころか、食糧も送ることのできないような所へ兵隊さんを送り出す。しかも千人送り出せば三百人は着く、あとの七百人は海の藻屑《もくず》と化しても……、といった計算の上なのです。あまりにも人の命の扱い方の弁《わきま》えがなさすぎました。

「軍に輜重《しちょう》なければ則《すなわ》ち亡び、糧食なければ則ち亡ぶ」（孫子・軍争篇）とありますが、武器、弾薬などを持たずに戦《いくさ》して勝てる見込みはありません。食糧の準備なくしては戦いに敗けることは当然、むかしから腹が減っては戦はできぬと申します。兵隊を消耗品扱いして戦争に敗けるのは当然です。

〈故なき罪の裁き〉

イリアンジャヤ（西イリアン）最東の国境の都市、ホーランディア（現ジャヤプラ）では田上《たのうえ》八郎という師団長であったお方が、昭和二十三年、故なき罪状の裁きにより処刑されておられます。大東亜戦争によってアジアの国々がそれぞれ独立した結果、そのアジアを植民地化してそれら思うがままに利用していたヨーロッパの国々の経済的地盤は衰えました。そのことで、それらの国々は日本を恨んでいました。イリアンジャヤはオランダの植民地でした。その故、現地の人たちから慈父のようにさえ慕われていた田上中将は、オランダ人の軍事裁判によって死刑の宣告を受け銃殺されたのです。

「古《いにし》へを去ること日已《すで》に遠しと雖《いえど》も故なき罪状の裁きに刑せらる父を思へば百偽《ひゃくぎ》ありて一真《いっしん》なきに哭《こく》する遺児は既に還暦の人なり」とは、田中中将の遺児、お同行のお一人、田上隆氏であります。

同じホーランディア地区のセンタニ湖畔では、私が講演でよくお話しさせていただく中澤政子さんが、この地でお亡くなりになられた御主人を偲んで慟泣《どうきゅう》されました。御主人との思い出にまつわる「ボレロ」の曲を伴奏にしてお経を読誦しました。三日間の結婚生活に生涯を捧げておられる健気なお方です。帰国してから今度初めて御主人が出征の際、書きのこしてゆかれた「最愛の妻政子へ」と宛名された遺書を拝見させてもらいました。おそらく、中澤さんの一生を支えるお守りともいうべきものでございましょう。

横浜からの参加の菱沼秀子さんも、御主人はニューギニアのはるか離島、モロタイ島で戦死されていますが、この方もニューギニアならどこでもと、中澤さんと同じお気持ちを持っておられます。

自分の主人の亡くなった戦地の法要に参加するだけでは申し訳がないと、他の遺族の方々が行かれる戦跡での法要に参加してくださるこのお二方は、私どもにとって大切な慰霊法要のお同行でいらっしゃいます。この中澤さん、菱沼さんのこと、さらに日本婦人の母として、妻としての立派な生き方については拙著『三人の天使』に詳しく紹介していますので、ご一読ください。

荒木外喜子刀自《とじ》の御主人は、昭和二十年二月十三日、東部ニューギニアのセビック州で戦死なされています。東部との最国境のこの地で、その方面に向かって法要をいたしました。昨年のガダルカナル、パプアニューギニアの際には長男の成夫氏を、つづいて今年は次男の隆志君をお連れになって参加されました。立派に社会人として成功している息子さんを、亡き御主人の墓島というべき場所にお連れになれて、そういう意味ではお仕合わせだと思わせていただきました。

福岡からの冬至洋一君も、やはりお父様は東部でお亡くなりになったということですが、法要を度重ねていくうち、「私の父はここで亡くなったのではないかと、そんな気がしてきました」と、二年前にお亡くなりになったお母さまが、ひたむきに子育てから家の仕事までを、お父さんの分を含めて務めてこられたその姿の影に隠れていたお父さまの面影を、強く胸に感じてくれたようでした。こうした遺族へのお手伝いが、せめても私どもの御霊《みたま》へさせていただけるつとめであると思います。

ホーランディアの行《ぎょう》を終えてマノクワリへ行く途中、サルミという所があります。このサルミの激戦、そしてゲニム転進の惨劇において、合わせて四万人の方が亡くなっておられます。しかし、その場所へは交通事情の関係などで行くことができませんでした。

そこで、マノクワリへ向かう私ども一行の乗った飛行機がサルミ上空へくると、人影の見える所まで高度を下げてくれましたので、私どもはサルミ、ゲニム方面でおかくれの御霊に対し、飛行機の中から「般若心経」を唱えました。この低空飛行は、私どもが頼んだわけではありません。操縦士の方が慰霊法要に来た日本人が乗っていることを知って、自発的に高度を下げてくださったのです。

デンパサールのホテルでもそうでしたが、このように現地の人たちはたいへん親切で協力をしてくださいます。これはやはり日本の兵隊さんたちが、現地の人たちを親切にしておられたからです。親から聞いている日本人の話を、現地の人から聴くことが度々です。

もちろん戦争中のことですから、異常になることがあったこともたしかでしょうが、日本の新聞はどうも、日本兵が各戦地で原住民に対し悪いことばかりをしていたように書く傾向がありすぎます。反省することは大事なことでありますが、まったく百鬼夜行ばかりであったが如く、それのみを針小棒大に扱われては、実際に辛苦悲惨の境をさまよわれて果てゆかれた諸霊は浮かばれません。もしそのようなことばかりであったとすれば、慰霊法要に行っても、このように協力していただけるはずがありません。

このニューギニアでも、かなり山奥まで行きました。ビルマでも、そしてフィリピンのミンダナオ島も、それこそ奥の奥地まで参りましたが、いつどこへ法要に出かけても現地の人たちはみな親切に協力してくださいます。それは戦時中のことですから、悪いことをしなかったとは言えません。しかし、もう一度繰り返しますが、そういったことばかりをあまりにも針小棒大にあばきたてるだけの報道に、疑問を抱かざるを得ません。こうした新聞の記事に惑わされることのないように、と一言お願いをしておきます。

〈喪なくも慼めば〉

表白の中に「喪《も》なくも慼《いた》めば憂い必ず儲《あた》る」という言葉があります。私はこの言葉が好きです。私の肉親はだれ一人戦死してはおりません。ですから「遺族」ではない。遺族ではないけれども、遺族の方々と行動を共にして、遺族の方々と同じような気持ちになってお経をあげていると、遺族の方々の気持ちが私の胸の中に入ってきてくださるのです。お同行《どうぎょう》の人、みんなそうなんです。これが「喪なくも慼めば憂い必ず儲る」です。そこで「同行者いつとして涕泣《ていきゅう》せざるは無し」となります。

この地で京都からご参加の大沼良雄氏の尊父が軍属として、昭和二十年四月十二日に戦没しておられます。良雄氏自身も予科練兵でありました。

「お父さんの遺言をまもって今日までやってきました。お父さん、今日はゆっくりとお酒を呑み合いましょう。私の予科練の時以来の話を聞いてください」。こういう時は、五十も半ばに達しつつある大人に紅顔の可愛さがもどります。

このマノクワリの海辺で、私たちは夜の法要をしたかったのです。そこに日本政府の建てた碑があるということを、柴田憲助氏が資料にもとづいて調べておいてくださっていました。しかし行ってみますと、それは「戦没日本人之碑」という七文字だけの味も素気もない、まるで「交通事故多発之碑」の如き配慮のこもらない碑でした。その上それは、陸上げした魚を町の人たちがやって来て競《せ》り市《いち》にかけている魚市場の裏庭にあるのです。残念なことです。私どものホテルは、やはり海が見える小高い丘の中ほどに建っていました。このホテルの前庭で電灯を消してもらって法要を勤めました。

すると、その翌朝早く「日本人のお骨が出ている」という通報が現地の人から届きました。私どもが涙を流して泣いて法要をしている姿から、現地の人が日本兵のお骨の発見を伝えてやろうということになったのだと推測いたします。現地の人々と言葉が通じる柴田先生がいてくださることでお陰がありました。早速その場所へ偵察に出てくださいました。事実でした。柴田先生は、顔面をひきつらせて、報告も涙声でした。その場所は飛行場へ行く途中の民家の庭でした。もちろん私どもは車からおりて、その場でお経をあげました。

そこに椰子《やし》の実がふせっているようにそう見えたのは、まさしく頭蓋骨でした。もうお線香をもって必死なお経でありました。途中までしか掘り出せませんでしたが、その穴から大腿骨十四本が一升ビンなど日本人の生活品ともどども掘り出され、結局十六体のご遺骨までが確認できました。周囲を掘り起こせばもっとあるだろうということでした。

なんとしてもお連れして帰りたかったのですが、それは不可能でした。やはり国と国とのルールに沿ってお迎えに行かぬことには駄目なのです。それまではきちんとお守りさせてもらうから、との現地警察の言葉でした。

〈法要で通じていく心〉

私どもは決して遺骨収集を目的としているわけではありません。けれども、一所懸命お経をあげていると、心が通じてお骨が姿を現されるのでしょうか。今回はビアクの洞窟内とマノクワリと、二度もご遺骨とお出合いをいたしました。こういうことがあれば、いよいよ心は残ります。立ち去りがたい思いにかられます。

けれども、マノクワリからさらに西ソロンに飛び立ちました。行動には予定があります。その海が眺望できるソロンの丘で北西に向かってモロタイ、ハルマヘラ、ワイゲオ、ガム島を対望しての法要をいたしました。

法要が始まってしばらくしたところで、あと十五分ほどするとスコールがやってくると土地の人が言っているからと、導師を勤める私に耳打ちをしてくれる人がいました。その言葉には法要を早く切り上げるようにとの意味があったのでしょうが、法要が始まったからにはそうはまいりません。それは戦闘が始まってしまってからしばらくして雨が降り出したからと一休みするなんて、そんなことはできません。降るなら降ってください、来るなら来てください、です。こちらは唯ひたすら法要を勤めるばかりです。

あの時は三時間近い法要でした。法要の半ばで日はとっぷりと暮れており、海上に漁船の火が点々と見えていました。遂にスコールはきませんでした。百里を驚かす震雨《しんう》（スコール）も迫りきたること能《あた》わず、です。有難いことでした。

以前、ミンダナオのウマヤン河畔の法要でも、スコールがすぐそばまで来ながら、私どもが法要をしている所にはまったく降りませんでした。そこだけ雲が避けて通る、そういう不思議なことがあるのです。私どもの慰霊法要の先達である牛谷四郎氏は今でもあの時のことを「あれは不思議だった」と思い出しては語り、今回のソロンの丘での法要が終わったあと、彼は「今日はあのウマヤン河のワロエでの時の再来ですな」と目をしばたいていました。

ソロンの丘で、まつること在すが如くモロタイ、ガム、ワイゲオ、ハルマヘラ諸島一万七千の御霊に恭拝を傾けました。

先述の菱沼さんの御主人が亡くなられたモロタイ島は、このソロンから四百キロの所です。私は菱沼さんとともにヘリコプターにでも乗って島へ行きたい気持ちでいっぱいでしたが、日本と違ってそのようなわけにはまいりません。もうここまで来させてもらったら十分です、とソロンの丘から百里隔てたモロタイ島に向かって泣き崩れてしまわれた菱沼さん。

　また、ワイゲオ島は同行の塚本江美子さんが弟さんを亡くされた所です。妻もめとらず子供も残さず、若い命を散らしていった弟に対する姉の強い愛《いと》おしみ、この塚本さんから私はこんなことをいわれました。

「我が肩に乗りて帰らんはらからよ　母まつ国は盂蘭盆の月　妻まつ国は盂蘭盆の月　子らまつ国は盂蘭盆の月。……そこには母もあり妻もあり子もある、しかし、そのほかに私のように弟を思って待っている姉もいます。この歌には、そこが足りないのではないでしょうか」と。

　そこで私は、なんとか塚本さんの弟さんを愛《いと》おしみながら待つお気持ちを叶えてあげたいものと考えました。その末に、

我が肩に　乗りて帰らん　ともがらよ
　母まつ国は盂蘭盆の月
　妻まつ国は盂蘭盆の月
子らまつ国は盂蘭盆の月
はらから（兄弟姉妹）まつ国は盂蘭盆の月

といたしました。塚本さんに「〝はらから〟の中にあなたも入っているんですよ」と言いました。するとと彼女曰《のたまわ》くです。「管長さんてデリケートなところがあるんですね」。何たることですか、今さらというわけです。それでも塚本さんに喜んでいただけて嬉しかったです。

塚本さんが弟の富喜男さんに「優しかったあなたが、大きな声でものひとつ言うことのなかったあなたが」と語りかけ、呼びかけをつづけるそのお姿に、弟君大津皇子《おおつみこ》の屍を二上山に移し葬《ほう》られた大来皇女《おおくのひめみこ》が、

うつそみの　人なるわれや　明日よりは　二上山《ふたかみやま》を　弟背《いろせ》とわが見む

（現世に生きている私だけれど、明日からは二上山を弟だと思って眺めましょう）

とお詠みになったお姉君大来を思いながら、塚本さんの気持ちを偲んだことでありました。

また、鹿児島からのお同行の鮫島勇さん。彼は四歳の時に召集されたお父さんが、このソロンに近い島ガムで亡くなっておられます。彼もお酒が好きであったお父さんのためにお酒を持参している一人でした。遺児は男性の場合、ほとんどがお酒を持参しています。そしてお父さんの亡くなった戦地で、父親といっしょにお酒を酌《く》み交わすのです。法要の旅の間、私は毎晩のように歳のあまり変わらぬ遺児たちの父親がわりになって一献《こん》酌み交わすお相手をつとめ

させていただきました。

〈少欲知足〉

かくして西イリアン地区の法要は終わりました。そして今ここに再び来るデンパサール……、そこで先に書いた如く結願法要を勤めさせていただきました。繰り返しますが、このデンパサールで他人の苦労の上に大胡座《あぐら》をかいて楽園を求むる遊惰、遊蕩の若き日本人男女の姿を見た時、なかんずく女性たちの姿を見た瞬間、英霊に対して申し訳なさに悔過の念さらに深く、真面目な生き方を誓わずにいられませんでした。

「衣食足りて礼節を知る」と申しますが、逆に「衣食足りて、なお栄辱《えいじょく》を弁《わきま》えざるも甚だしい」ありさまです。また遍身綺羅《へんしんきら》の人、そのだれがお蚕《かいこ》を養育したことのある人でしょうか。平和と繁栄に馴れし心の驕《おご》りの末、恐ろしきに思いをはせて悔過にはげむばかりでした。

そして私どもの肩に乗り給い、また私どもの手を合わすぬくもりの中に宿り給う故郷へ、祖国へご一緒にお帰りになっていただきたい、法要の度ごとにそれを願いつづけていました。私どもには魂のお出迎え、魂乞いの思いが慰霊行の願いでもあるのです。最後の結願法要ともなれば、さらにその思いは強く強くそれを願うのでした。

かくして八月二日夜、デンパサールの空港から日本に向かいました。飛行機の中では、私どもなりに、どうやらつとめを果たさせていただくことのできた気持ちの軽さから、ほっと一息つく思いのあったことは確かです。けれども伊丹の空港に降り立った時、国と国との了解がなければ不可能であったとはいえ、私どもだけが便利と贅沢と欲望の巷にのうのうと帰ってきながら、どうしてもお連れして帰ることのできなかったあのご遺骨に対する申し訳なさ、やるせなさにおもいがけぬ涙をこらえることができませんでした。税関に出てくる荷物をボーッとかすむ思いでながめていました。

私ども日本人は今、便利と贅沢と欲望の中に何ら弁えることなくどっぷりと浸り込んでいます。そんな今こそ、少欲知足を知り、欲望の分限を弁えねばなりません。

「ヒマラヤ山を黄金と化し、これを倍にしても一人の人の欲望を満たすことはできない」釈尊《しゃくそん》のお言葉です。人間の欲望は無限です。しかし、自分の欲望を自分の分限に応じて自己規制する、という精神を確立しなければ戦争と同じです。甲斐性をこえたところまで戦争をしに行ったから、日本は多勢の人々を無惨に死なせた上に敗れてしまったのです。

「少欲あらばすなわち涅槃《ねはん》(安らかな生活)あり、足るを知る(知足《ちそく》)の人は、たとえ地上に臥《ふ》すといえどもなお安楽なり、足るを知らざる者は富ありといえども貧し、足るを知る人は貧しといえども富めり」です。

狭いながらも楽しい我が家、その楽しい我が家が涅槃の我が家なのです。「少欲知足」、この四字をしっかり胸中に銘記してください。これを忘れ去ろうとしているのが、今日の日本の現状です。

今回の慰霊法要を通じて、そのことを強く感じさせられました。どうか少欲知足を忘れることなく、お互いに自分の欲望を自分の分限に応じて自己規制する精神を確立していただきたいと願うばかりでございます。

＊1五体投地：両手・両ひざ・頭を地面につけて礼拝する最も敬虔な礼拝法。礼拝対象への絶対帰依を示す。
＊2軍属：戦闘員である軍人以外で、軍隊に所属する人員。文官、技師、医療者、給仕などを務めた。
＊3戦死公報：正式には「死亡告知書（公報）」。都道府県知事名で、戦死者の本籍・所属・階級・戦没地・その日時等が記入された通知書。
＊4地蔵和讃：六道（天道・人間道・修羅道・畜生道・餓鬼道・地獄道）で苦しむ衆生（人々）を救済し、悟りに導くとされる地蔵菩薩を誉めたたえる句を、旋律をつけて朗唱する讃歌。

英霊悔過　西イリアン地方・インドネシア国
結願表白

謹み敬って一切三宝、諸神万霊の境界に曰《のたまわ》く、方《まさ》に今、バリ島南の海浜、デンパサール此の地にして地蔵菩薩の宝前を調御《ちょうぎょ》、有縁《うえん》の善男子、善女人ら恭敬《くぎょう》至心の法筵《ほうえん》を敷く。その志趣如何となれば夫《そ》れ、ニューギニア島西イリアン地区大東亜戦争戦没犠牲者約八万柱を殊願《しゅがん》となしインドネシア国全域垂《なんな》ん約十七万御霊に対越《たいおつ》して俯仰慎々《ふぎょうしんしん》、英霊悔過行《けかぎょう》、結願《けちがん》の砌《みぎり》なり。

伏《ふ》して惟《おも》んみる。今年同行《どうぎょう》衆三十四名、七月二十三日早朝、成田空港に旅力を誓ひ穹蒼《きゅうそう》の道程安穏を願ひて鹿島立つ。

先《ま》ずはデンパサールに寝舎を得てビアクに向ふ。飛機経由して寄港するウジュンパンダンは五千五百柱が鎮み給ふ。セレベス島の街、読誦《どくじゅ》心経、地蔵の和讃に救済《ぐさい》を乞ふれば、慰霊の精《しょう》おのずとして漸染《ぜんせん》を催す。

一路発すればビアクに着す。旅嚢《りょのう》解く遑《いとま》惜しもボスネックの海岸に法筵を布ぶれば一万二千柱の霊暉《れいき》震騒《しんそう》。諸兵雄気堂堂斗牛を貫くの気概あると雖《いえど》も、心木石《ぼくせき》にあらず。豈《あに》感なからんや父母すら且《か》つ顧みず妻病床に臥《ふ》し児は飢に泣くを言んや。一度征《ゆ》けば復還らず生別の風蕭蕭《しょうしょう》。纏綿《てんめん》として夫《つま》を求め、父を願ふ和讃平和の詠唱恍然たる三五《さんご》の月、草樹深繁の戦跡を照らして、声声《しょうせい》断腸たり。

翌すればコリムの湾岸また然り。東西の洞窟はまさに鬼哭啾啾《きこくしゅうしゅう》の呻《うめ》き迫切《はくせつ》たり。孤魂流落す此の城塞、白骨に向いて征夫の心に多き懐ひを偲びて凄凄《せいせい》たり。「修羅驕慢《きょうまん》闘争も畜生愚癡《ぐち》の残害も、飢にのぞみて子を喰う餓鬼の思いぞ哀れなる。苦患の程は如何ばかり、心も言葉も及ばれぬ、地獄、焦熱、阿鼻叫喚」和讃の節節句句に悲憤、胸気を慷衝《こうしょう》して止まず。爆して洞窟の天岩を摧陥《さいかん》して窟内は熱炎《ねつえん》嘴鳥《しちょう》(火炎放射機)の業火燃ゆ。佳兵《かへい》は不祥の器なり。争いは逆徳の最たり。これ誰が業縄《ごうじょう》の縛《ばく》するところぞ。

ホーランディア(ジャヤプラ)はイリアンジャヤ最東国境の都市、昭和十九年四月米軍上陸する処、過酷なる風土に食糧、弾薬悉皆《しっかい》果《は》て尽して或は斃《たお》れ、或は転進せる処、サルミ、ゲニムの方向を含めて亡魂《もうこん》四万の柱、頭髪垂れくだりて纏り五体に遍ねく、蓬髪刃《やいば》の如く、飢渇常に急にして身体枯渇《こけつ》臭壊たり。軍旅の万兵饑弊極む。軍に輜重なければ則ち亡び糧食なければ必ず敗るは必定。古へを去ること日已《すで》に遠しと雖も故なき罪状の裁きに刑せらる父を思へば百偽《ひゃくぎ》ありて一真なきに哭《こく》する遺児は既に還暦の人なり。

センタニ湖畔慟泣するは「征《ゆ》きし日の面影偲びひれ伏しし　南の島の砂の熱さよ」と詠める寡婦《ひと》なり。デパプレの海辺遥かにサルミの激戦、更にゲニム転進の惨劇を偲ぶれば万家の廃井に新草生じ樹樹の繁茂に花色を染めて古墳に対するの悲痛、この地を征きし一士官の告白を聞く「サルミまでの転進路は消え失せ、道標となりたるは連続沿道に横たはる白骨なりき。また海岸に点在する現住民家屋に多数の白骨折重なりてあり冷汗三斗の思ひせる」と。野蔓に情あるか、戦骨に縈《まと》い残陽何の意ぞ空城を照らす。

サルミの上空、低航して機上より読経《どきょう》、遂に着したりマノクワリ、年来の念念を重ねて此処に来《きた》る。市街北部司令部跡、蹊径《かいけい》由る所なく足踏む能《あた》はざるも薙《な》ぎて原闢《げんしつ》に立つ。アンダイ河畔に台地あり。同行《どうぎょう》遺児が故父戦病遺骨埋葬の塚とおぼしき処、此処もまた榛棘《しんきょく》生ひ繁る。伐断して起伏峻《けわ》しき草《そう》沢《たん》に祭壇地蔵の宝前、蟋蟀《しっしつ》（こおろぎ）岸を来んですだき、孤鳥飛びて翩翩《へんぺん》。

哀《も》なくも感《いた》めば憂い必ず儲《あた》る。同行者一《いつ》として、涕泣《ていきゅう》せざる人無し。

近きを以《もっ》て遠きを待ち佚《いつ》を以て労を待ち、飽《ほう》を以て饑《き》を待つ（呉子）の軍略を失い戈《ほこ》を止《とど》むを武と為す（左伝）を忘れ、兵は国の大事、死生の地、存亡の道なるを察するの怠りに悲愁、数々《しばしば》涙の流行堪《るぎょうこらえ》るを得ず。仰いで天文《てんもん》を観《み》、稽首《けいしゅ》して地理を察し百里を驚かす震雨《しんう》も迫りきたること能《あた》はじ至誠の幽明に通ぜしか、御遺骨我らが行く道に待ち給ふあり。

道傍民家の庭に骸累累《むくろるいるい》。事を執《と》りて敬《つつし》み、事に臨んで懼《おそ》る、身を損《す》てて国難に赴く軍人と雖も安《いず》くんぞ懐ふべけんや。男児は憐むべき虫なるや、白骨従横乱麻に似たり瘴癘《しょうれい》の地、哭声《こくせい》哀し。此等の人皆父母慈愛の子《し》、妻子が恋慕して還りきたるを待つ人たるを思へば諷誦《ふじゅ》を重ねて悔過の念、愈々《いよいよ》励む。

残心尽くること無し。然れども霄飛《しょうひ》して到るソロンの丘、祭ること在《いま》すが如くモロタイ、ガム、ワイゲオ、ハルマヘラ諸島一万七千之霊に恭拝《くはい》を傾く。妻、夫を尋ぬれば遺児父を呼び、姉弟《あねいろ》に愛《かな》しむ、骨肉の情は数里、百里を隔てて恰《あたか》も面に対《むか》いて接するが如く語るが如し。慕懐の念に思う。

今此処に再び来るデンパサール、東面伏坐《ふくざ》して海上に向ふ。小スンダ海域五万三千之霊、君見ずや青海碧空の頭、古来白骨を人の収むる無し。軸艫相銜《ふく》み、舷舷《げんげん》相摩《あいま》して海に没して長く恨鬼《こんき》たる恨恚《こんい》、水を駆けて濤《なみ》となるところなり。然るを楽園を求むる遊惰、遊蕩の男女集いて、軽佻浮薄なる瞠若《どうじゃく》して目を睽《そむ》く（目を見はり驚きあきれる）、まさに瞑眩《めいげん》痛憤。遍身綺羅の者是れ蚕を養へる人にあらざるに悲憤しきり。

庶幾《こひねが》ふ衣食みち足りて栄辱を知らず、平和と繁栄に馴れし驕児耽楽《きょうじたんらく》の転倒《てんどう》夢想《むそう》の我らが無間《むげん》の罪根を憶念《おくねん》、憐愍《れんみん》以て同行面々の悲願を納受して国土安穏、世界調和の守護あらしめ給はん事を。

我が肩に乗りて帰らん　ともがらよ

母まつ国は盂蘭盆の月　妻まつ国は盂蘭盆の月

子らまつ国は盂蘭盆の月　はらから待つ国は盂蘭盆の月

我らが肩に宿り祖国故郷に同行ましまし罪業深重《ざいごうじんじゅう》、共業《ぐうごう》の業縁《ごうえん》に悔過の恭誠《くじょう》を捧げ必至滅度を願ふれば妙観《みょうかん》の鏡智《きょうち》を開いて長遠《ちょうおん》の執を遮して覚路の成就あらしめ給へ。

合掌

昭和五十八年八月二日

好胤敬白

ビルマの赤い土

〈命の遺産〉

私は年々、慰霊法要の旅に上がらせていただいています。今年（昭和六十二年）は一月十九日から一週間、ビルマ（現ミャンマー）への法要に上がりました。

慰霊の「慰」は、「なぐさめる」という字です。一応、慰霊法要の名を用いさせていただいていますが、私ども如きなまくら僧侶のお経ぐらいで英魂《みたま》をお慰めできるような、そんななまやさしい死に方を誰一人なさってはおられません。私どもの場合、この法要の旅は、つねに大東亜戦争悔過の行《ぎょう》なのです。「悔過」とは過《あやま》ちを懺悔《さんげ》し、申し訳なさをお詫びするということです。

あの大東亜戦争で名誉も利益も捨てて、日本国民であるがゆえの共業《ぐうごう》を私たちに身代わってこれを背負い、お亡くなりになっていただいた三百十万人にのぼるお命の御遺産が、今日の日本の平和であり繁栄であることを、私たち現代日本人は絶対に忘れてはなりません。

しかしこの尊いお命に、私たちは果たして申し訳が立つ生活をしていると言えるであろうか、と自ら問うとき、私自身が便利と贅沢と欲望に満ち溢れた平和と繁栄に馴れし驕《おご》りの中に沈没していく、まこと不真面目な生き方をしている日本人の一人であります。その申し訳なさを、お命の前に悔過《おわび》させていただかざるを得ないのです。過去のお陰をなおざりにしては家であれ、国であれ未来豊かに栄えたためしはありません。

〈大東亜戦争戦没英霊悔過〉

今年のビルマ慰霊行は私にとっては三度目でした。一月十九日に出発、真夜中にビルマ着。翌二十日、一行四十三名は午前六時発ラングーンからマンダレーへ向かう列車内、イラワジ平原に散華《さんげ》された諸霊への法要に終始、二十一日はマンダレーヒルでビルマの平原を眺望しての法要、同夜メイミョーにある慰霊碑を前に英魂の誘いを心に強く感じつつ、更《ふ》けゆく夜を忘れての法筵に歔欷《きょき》の涙を流しつづけました。

二十二日、マンダレーからパガンへ向かう船中にて、イラワジ河底に沈む方々のお姿を偲びながらの地蔵流し。幾つもの支流を持つビルマの母なる流れ、それがイラワジ河で、支流から流れ込んだ土砂の影響で、まるで黄河のような流れです。

多数の戦死者を出した周辺では、あまりにも御遺体が多すぎて埋葬する余裕などあり得ない敗残、敗走のさなかのこともあって、これを支流に流して水葬にしたといいます。ですから、イラワジの河底から、*1捧《ささ》げ銃《つつ》の姿のままでの日本兵の御遺骨が出てこられたとのことを現地でお聞きしました。

マンダレーからパガンに至る船中での十二時間、お地蔵流しの法要を繰り返しお勤めいたしました。そしてこの間二カ所、イラワジ河底に石の五輪塔をお鎮《しず》めいたしました。この石塔は愛知県岡崎で石材店を営まれる鈴木周一氏が、法要の度毎に御回向を願って御供養くださるものであります。

また地蔵流しの「お地蔵さまの印仏」[*2]は、お心ある善男・善女のみなさまで、それぞれのご家庭で朱肉でお姿を捺《お》してくださった五十万体のお地蔵さまです。スタンプインクでは水につけるとすぐにはげます。朱肉で捺していただいたお姿は、お姿のままで底まで降りていってくださるのです。このお地蔵さまの印仏を、みなさまがしてくださっているのです。

翌二十三日はパガンよりサジへ向かう途中、ポパ山、メイクテーラにて法要、二十四日、ゲ[*3]リラ発生の理由で、予定していたシッタン河へは行けず、その手前で法要。そして二十五日、古くからの日本人タモエ墓地、チャンドー墓地に参拝、思いはつきねども外国人はわずか一週間の滞在しか許されぬビルマの事情もあって、前二度の法要の時のように飛行機を借りきっての遠方へのお参りはできませんでした。

竹山道雄著『ビルマの竪琴』に「ビルマの土は赤い」という印象的な言葉があります。その地で難渋された兵隊さんたちは、いつも青い土の国、そのふるさと日本へ帰りたいと願われたといいます。ビルマの国土は日本の一・八倍であります。ですから、そのすべて国土の砂が決して赤い土ではありませんが、それでもビルマの土は、おしなべてやはり「赤い」と感じての旅でした。しかしこの赤い色は、単なる土質の赤さではありません。私どもにとって、それは日本将兵の血潮のしみこんだ土の赤さを思わせられる赤さでありました。日本将兵だけではない、英印軍[*4]の兵士、現地の人々の血潮も含まれています。けれども私たちにすれば、日本の将兵の血の赤さを強く感じずにはいられませんでした。
「世界平和を祈って、日本人以外の外国の兵士たちをも慰霊してほしい」とよく言われますが、それは現地に法要に行ってくださらない人々が観念的に言われていることです。現地へ行って法要して御覧なさい。「ああ、遠く離れたこんな所まで来ていただいて、ご苦労をおかけして本当に申し訳ありませんでした」と、もう自ずと日本の兵隊さんたちの方へだんだんと思いがしぼられて深まっていくのです。そしてイギリスの戦死者にはイギリスの人が、インドの戦死者にはインドの人が、現地のビルマの人にはビルマの人が、それぞれ拝んであげてほしい、そんな気持ちになってくるのです。

ビルマで亡くなられた日本人は十九万人、その他に四万人の方が行方不明だとのことです。しかし、その人たちの赤い血潮のなかからビルマの独立は生まれてきました。ビルマのみならず東亜の国々が、利己的なヨーロッパの国々の植民地からみごとに独立へと導いた尊さが生まれてきたのです。どう思っても、言われても、私は「第二次世界大戦」とは言えないのです。やはり「大東亜戦争」です。

〈草履に着いた土〉

ところで私どもの慰霊悔過の旅には、親を、また兄弟を、そして戦友への思いを胸にいだいてお同行してくださるなかに、御主人を亡くされた奥さん方が数多く参加されます。

この度の法要にお同行されたお一人、堂内千代子さんは大阪府堺市のお方でありますが、十八歳で結婚、十九歳の時、御主人がビルマで戦死、爾来今日まで戦争未亡人として一人の娘さんを育て、今はお孫さんがおられるお方です。

この堂内さんは今回の旅で、私の履きつくしたビニール製の畳表《たたみおもて》の草履《ぞうり》を貰ってくださいました。私は仏跡巡拝、慰霊法要には必ず、この足袋を二、三足持っていっては履きつくした時には新しいのと履き替えております。畳表の草履ではぬかるみへ入っていけませんが、この草履ならどこへでも平気で入っていけ、あとで水洗いすればドロもきれいに落ちて、またすぐに履くことができます。そんな草履の履きつくしたものを、堂内さんはどうしてもほしいと仰言ってくださる。私はその時、万葉集に出てくる、この歌を思い出しました。

信濃なる　千曲の川の　さざれ石《し》も　君し踏みては　玉とひろはむ

（あなたがお踏みになった石だと思えば、これは単に千曲川のさざれ石ではない、私にとってはなつかしいあなたの命なのです）

愛する夫を防人《さきもり》に送り出した妻が詠んだ歌です。堂内さんはただ単に、私の履きつくした草履をほしがっておられるのではない、大事な御主人をなくされて、十九歳の時から未亡人として子供を育ててこられたこのお方は、私の草履の底にしみこんだ御主人が亡くなられたビルマの土にしみこむ大気を、そして草履にくいこんでいる砂がこそを願っておられるのであろうと、失礼このうえなきことなれどもと思いつつも、乞われるままにこの草履を御主人への思い出かぎりなき宝としてお受け取りいただきました。

堂内さんは「なによりのお土産ができました。娘にこれを見せて、孫にこの話をしてやりたいのです。ありがとうございました」と言ってくださいました。

ひとかけらのお骨もおまつりされていないお墓に、肉親の墓参りを続けてこられたのがご遺族です。そんな方々にとっては、せめてもということで、慕わしい人が亡くなられたその国の、その島の土を、砂をかきよせて、ハンケチの中にしのばせてお持ち帰りになるのです。そしてそれをお墓におさめて、これでようやっと本当のお墓参りができたような気持ちになられるのです。土が、砂が、せめてものお骨なんです。

やはりお同行の中野隆子さんは、十四歳のお孫さん、中野靖子ちゃんから託された、次のような内容の手紙を持って参加してくださいました。

「俗名中野茂男さま、私はおじいちゃんの孫にあたる靖子です。私が生まれて幼いころは、おばあちゃんしかないものだと思っていました。でも、だんだん成長しておばあちゃんから聞いた話の中から、おじいちゃんがビルマで戦死されたことを知りました。だんだん戦争というものを知りだしてきて、おじいちゃんの戦死を理解できるようになってきました。祖国をはなれるときはどんな気持ちでしたか？　私の今の父にあたる子供やおばあちゃんと別れるとき、どんな気持ちでしたか？　お腹が空いて食べ物がなかった時どんな気持ちでしたか？　今何不自由なく生活している私には、到底考えつかぬ苦しみや悲しみだったと思います。私たちは今、お茶碗にいっぱいのご飯をお腹いっぱい食べられます。のどがかわけば水道からのきれいなお水がたくさん飲めます。どんどん、どんどん私たちは苦しみを忘れていってしまいます。ちょっとの苦しみも耐えられないようになっています。

おじいちゃん、どうかこんな私たちをお許しください。お国のために命をかけて戦われた人たちに、私たちは真正面から顔を合わせることができません。本当にこんな贅沢な生活をしてごめんなさい。でも、私はありがとうございましたとも言いたいのです。おじいちゃんたちがつくってくださったお陰で、今の私たちの生活があるのですから。私たちはおじいちゃんたちの努力が無駄にならないように、もう二度とこんな残酷な戦争をおこさないようにしたいと思います。また、おじいちゃんもそうならないように天から見守っていてください。心から冥福をお祈り申し上げます。

滋賀県大津市南郷　中野靖子　十四歳」

この手紙には私ども感激しました。大変素朴な、これこそ悔過そのものです。私はこの手紙を、最初はビルマへ着いて二日目の夜、メイミョーにある慰霊碑の前で法要した時にロウソクの明かりをたよりに読ませてもらいました。その後、法要の随所で「茂男おじいちゃま、どうか靖子ちゃんの思いを受けてあげてください」との願いをこめて読み続けたことでした。

私どもの慰霊法要は、御遺骨収集が目的ではありませんが、法要の先ざきでお骨にお出会いします。四年半前の夏、西イリアンのマノクワリへお参りした時、十数体のご遺骨にお出会いしましたが、現地警察から国と国との筋道を通してお迎えにきてほしい、それまでお預かりしておくからと言われ、お連れして帰ることができませんでした。その後、厚生省、外務省へと、お同行の方々に足を運んでいただいていますが、なかなか交渉が進まぬうち、一昨年しびれを切らせて、マノクワリまで行ってもらいました。

その折、現地のご好意で、一体ずつ洗骨して荼毘《だび》に付《ふ》し、箱にお納めするまではご協力いただけたのですが、やはりどうしてもお連れして帰ることはできませんでした。それ以上、ことが運ばぬ現段階です。一日も早くお迎えして、私が慰霊法要から帰った翌日、必ずお参りしている千鳥ケ淵《ちどりがふち》墓苑にお眠りいただく日を心から願っております。

その時には、慰霊悔過法要にお同行いただいた方々ともにうち揃って公式参拝をし、墓苑に法筵を敷かせていただきたい、それが今の私の心からなる強い願いであります。

私たちが参ります法要先は、ほとんどが南の島々です。それがグアム、サイパン、さらに遠くバリ島あたりにまで、若い日本人観光客が多勢遊びに行っています。かつての激戦地も海遊びの若者たちにとっては単なる南洋の楽園でしかありません。それはもう、男も女も素裸に近い姿で、わが物顔に闊歩して遊び呆けています。

どの島々も多数の犠牲者を出した所です。彼らが遊びまわっている周辺の海底には、未だに多くの船や飛行機が沈んだままで、御遺骨累々の有り様です。そして、一歩ジャングルの中へ入りこめば、やはり御遺骨散乱の状態といっても過言ではありません。そんな所で、若者たちは嬉々として遊びまわっています。

これは何も彼らばかりが悪いのではない。私たち大人が、戦争の悲劇について、何も知らない彼らの語り部としての指導の役割を十分に果たしていないからです。彼らに南洋の楽園である南の島々へ遊びに行くなとは申しません。けれども、子供や孫さんたちが、そうしたところへ出かけるということを知れば、せめて「過去と、その意義」を語り聞かせていただきたいものです。数珠《じゅず》とお線香は持たせてあげてください。そして、いっぺんのお念仏は唱えてほしいです。御回向の手向けをしてのちに、遊ばせてもらうの気持ちがあっていただきたいと願わずにはいられません。

今年の六月二十三日から二十六日まで、沖縄への大東亜戦争慰霊悔過の法要に参ります。この六月二十三日は「沖縄慰霊の日」です。沖縄県民は、この日の午後、サイレンを合図に摩文《まぶ》仁《に》の丘の慰霊碑に向かって合掌される日です。この沖縄の惨劇が、本土決戦の防波堤でありました。内地の者、またこの日に沖縄にむかって合掌をしなければなりますまい。一人でも多くの方々をお同行にお誘いしたいです。そして一人でも多くの方のお伴を、私はさせていただきたく願っています。

＊1捧げ銃：小銃を両手で持ち身体の前に垂直に捧げ持つ、軍隊の敬礼のひとつ。
＊2印仏：仏、菩薩などの尊像を印に刻み、墨や朱で紙などに捺した仏教版画。
＊3ゲリラ発生～：軍事独裁政権下の圧政に対し民主化運動が昂揚していた当時、反政府ゲリラが多発していた。
一九八九年軍事政権は国名を「ビルマ」から「ミャンマー」に変更した。
＊4英印軍：インド軍のこと。イギリスによるインド統治時代（一八五七－一九四七）の呼称。

インパール慰霊法要報告

ここでは、インパールへのお参りのご報告をさせていただきます。

一月二十五日（平成四年）、成田を出発致しまして、その夜はカルカッタで泊まり、翌二十六日、カルカッタ空港からインパールへ出発しました。飛行機は途中シルチャールへ寄り、インパールへ飛び立ちました。「シルチャール」と言えば、インパール作戦の戦記を読むとしきりとでてくる地名です。私どもが着いたインパールは戒厳令[*1]下でありました。しかし空港では、日本・インパール文化協会の方々から、特別の許可を受けられたお出迎えをいただきました。

私どもは、早速開白法要を、と思ったのですが、現地の都合などもあり、まず「血染めの丘」といわれている大変な激戦の地、日本将兵五百名がほとんど全滅された、生還者は重症を負いながらも生き残られた方が四十名しかおられなかったという所、二九二六高地と呼ばれている所でありますが、そこで一日目の法要をさせていただきました。

とにかく、夕方までには必ずホテルへ帰るという条件をつけられております。暗くなると何があるかわからない。暗くなるまでにホテルに着かなければならない、そしてホテルに着けば、扉は固く閉ざされて外へは出ることができない、という状況下でございました。ですから、開白法要は翌二十七日午前中をかけて、ガランジャールという所で勤めさせていただくことにしました。

美空ひばりさんが歌っている「五木の母」のお話を以前したことがありますが、慰霊法要での実感がこみ上げてくるあの歌を、高林寺の稲葉珠慶《いなばしゅけい》尼の*2御詠歌《ごえいか》とともに、このたびの法要の御詠歌の調べと頂戴したのでありました。

まず法要は*3散華声明《さんげしょうみょう》から始まり、大東亜戦争戦没英霊悔過法要表白を読ませていただき、ひばりさんの歌われた西沢爽《そう》氏作詞の「五木の母」をテープで流しました。そして山河隅々、天に届き、地にしみじみと沁みゆく稲葉珠慶尼の御詠歌をいただきました。それに続いて遺族の方々に、肉親への呼びかけをお願い致しました。

この度、自分は行けないがこの思いを届けてきてもらいたいとか、またどこでいつ亡くなられたか、その地、その法名なり戒名、さらには俗名でもお寄せいただければ、できるかぎりその当地、また近くで御回向させていただいてきますと、講演会や機会ある毎に呼びかけてまいりましたが、多くの方々のお名前をいただき、またお手紙をお寄せいただきました。お位牌として私がずっと胸に抱かせていただきながら、この法要の旅を続けました。

そのお手紙のひとつをご紹介させていただきます。

「拝啓　昨日はうれしいお電話ありがとうございました。何かにつけ忘れられない人であり、おかげさまで、おかげさまでと思い続けた一生の亡き夫のこととて、こんなうれしいことはありません。ついては、終戦になった日より毎日帰りを待ち続けておりました。生後四十日の赤ん坊をおいて出征致しました。終戦時には子供も二歳半になり、かわいい盛りで早く見せたくて、待ちに待っていましたところ、二十一年の春、悲しい公報をいただき、それにはインパールにて戦死とのこと、そのときの悲しさは今も涙流れて思い出すとやるせがございません。二十歳代で主人の両親と子供と四人暮らしでした。主人は一人息子でしたので、この家はこの子を育て私が頑張らなければ家の後継ぎがありませんので、小さな子供を頼りに頑張ってきました。

現地に着いた時、はがきが一本来ました。それきりです。森一〇〇〇二〇部隊でビルマに着いたとのはがきでした。そのあとは何の音沙汰もなく、二、三年の間、私は子供の写真やら手紙を何十本も出しましたが、一本も帰ってこないので、何も知らずに手に入ったものとばかり思っていました。そのときはとっくに死んでおられたことでした。昭和十九年十二月二十九日、〝ビルマ・インパールにて戦死〟との通知だけでした。

私は昭和十八年三月十日に結婚しまして、十九年五月十日に女の子が生まれてうれしく喜んだのもつかの間、六月二十八日に出征して別れ、私の一生は一年の結婚生活でした。子供を頼りに一生懸命働き、今は両親も死なれ、子供も成長して四十八歳となり、孫も二人いて、今私はおかげさまでみんなにかわいがられ幸せでございます。これも亡き主人のおかげと毎日毎日を喜んで合掌致しております」

このお手紙をくださったのは福井市にお住まいの佐藤まつりさん、七十五歳のお方です。亡くなられた御主人は、俗名佐藤巧氏、法名が専精院釋堅巧とお仰せられるお方です。

なお、ほかにもお手紙をいただいて参りました。彼地で法要のたびごとにお取り次ぎをさせていただいて、届いてくださいませとの願いをこめて読み続けさせていただきました。

また、飛行機の中で初めてお目にかかって声をかけられたのは、三重県南勢町から参加された久保純氏でした。朴訥《ぼくとつ》とした、それこそ名前どおりの純な人柄のお方でありました。「母から預かってきたこの手紙を、法要の時、おやじにむかって管長さんに読んでもらってくれと母が頼みましたので」と。それを開白法要をしたガランジャールで読ませていただきました。それはお手紙に添えて、純氏のお父さんと自分との出会いのはじめからが諄々《じゅんじゅん》と述べ語られていました。

「あなたと私が初めて出会ったのは名古屋の病院でした。あなたは戦場で傷ついた病床の人、私はそれを看護する者でした。日毎《ひごと》に交わす言葉に二人の心が通い合いました。しかしあなたは傷癒《きずい》えてふるさとに戻られました。私は戦場へ、従軍看護婦として大陸に渡りました。二年の歳月が流れ、勤めを果たして帰ってきました。あなたは私を待ってくださっていました。やがて二人は結婚することになりました。まだ恋愛結婚など人の口にさがないころでありました。

どんな嫁が来るだろうかと、期待した村の人は恋愛結婚で来る嫁を、期待と興味のまなざしで迎えてくれました。けれども、みなさんは私を見てがっかりされました。期待した花嫁とは、およそ期待はずれの私でありました。嫁《とつ》ぎし家は大きな門の油屋という屋号の家でした。やがて二人の間に子供が生まれました。そこへあなたに再び御召しの令状が来ました。益荒男《ますらお》として、堂々と戦場へ行くあなたでありましたが、子供を抱く手は微《かす》かに震えていたのを今もおぼえています。その父の面影も知らないで育った息子も、今では三人の子供の父親になりました。どうか父の面影も知らないで、あなたのところへ出向いてゆきます。倅《せがれ》を、しっかりと両の腕で抱きしめてやってください」

との内容が島崎藤村風に詩の形で語られていました。そしてその詩に、

「老体に　叶はぬことと　知りながら　我も行きたし　夫《つま》に会いたし」

「共にあらば　七十八才《ななそやさい》の汝《な》が姿　独りひそかに　胸にあたたむ」

「夫よ　汝の霊魂　そこにとどまりなば　会いに行きにし　息を抱けかし」

と和歌が添えられていました。これをガランジャールの山野《さんや》に、どうか父君、この息子さんをしっかりと抱きしめてあげてください、との念いをいっぱいに読ませていただきました。そして「久保君、しっかりとお父さんにしがみついて、抱いてもらいなさい。お父さんに語りかけをあなたからしてあげてください」と申しました。彼は大きな声で「聞いてくれたかお父さ

ん、ようやく会いにくることができました」。せつせつと涙ながらに語りかける姿に、きっと今、この人はお父さんに抱かれてくれているだろうと確信することができました。お母さんの名は久保ひでのさんと申します。

私はとかくまじめな人に会えば、純粋なお方に会えば、こちらが不真面目で不純なものですから、つい冷やかしたり茶化したりしたい気持ちにかられることがしばしばなんです。まさに久保君はそういう人でした。私は会うと「おーい、詩人のせがれさん。君もお母さんにあやかって、詩の一つでもつくったらどうだ」と申しました。けれども久保君は嫌がらずに、よく「管長はんの冗談はきつい」と言いながらも、私のそばにきてくれました。

ところが、一月三十一日、最後の法要をパレルの地で、アイモール、またデクノパールからモーレ方面およびビルマ国境を望み、コヒマ、インパール作戦で、そしてビルマ方面でお亡くなりになられた御霊にむかって法要を営ませていただいたその時のことでした。法要を準備している時に久保君から「これを読んでください。管長はん、お願いします」と言われて一枚の紙を渡されました。その紙には、

「ロクタクを　はるかに望み　眠りたまひし　我が父の　丘に登れば限りなし
　思ひの涙　とどまらじ」

（ロクタク：マニプール州にある湖）

「泥水を　すすりて行進《ゆき》し兵士《つわもの》の　喉をうるほせ　故郷の水」

としたためられていました。この二首を読ませてもらいました。そしてこの他に、もう一首あったのです。けれども、この三首目はどうも読めないいんです。「久保君、三つ目の一首は読めんな。どうもこの和歌は君、間違えてるで」と申しました。ところが彼は「いや、それは私の本心です。ぜひ読んでください」と言うのです。この和歌の書き出しに「心優しき管長様」とあるのです。

私は決して心優しき人でないのです。むしろ関西の言葉で言えば、冷淡なえげつない人間なのです。ですから、これは読めないのです。けれども彼はどうしても読んでくれと言います。間違ってはいても、「心優しき」と言ってもらっては悪い気持ちはいたしません。ちょっと恥ずかしい気持ちを抱きながらも、「心優しき管長様と　真心こめて悔過のたび　まだ見ぬ父の懐《ふところ》の如し」と読ませていただきました。

後日、三月八日のお薬師さんの縁日に、お母さんと一緒にお参りをしてくれました。その席上、私は五十歳にもなっている久保君の「おやじ」にはなり得ませぬが、せめて一、二回は親子の盃を酌み交わす約束をしました。

戦争でお父さんを亡くされた方から導師を勤める私に、父親への思いを寄せられることはあります。それだけ無意識の底に父性愛を求めて今日があるのでしょうか。さすがに久保純君は詩人の息子でありました。きっとお父さん、あるいは戦友の方々がこの気持ちを喜び、供養されたふるさとの水に甘露の味をお受けになってくださったことと思います。

〈**戦友の命をいただいて**〉

京都商工会議所の会頭である塚本幸一氏は、戦中インパールの北方二十キロばかりエクバンへ陣地奪回の夜襲をかけました。この夜襲以外に日本の戦法はなかったのですが、その時一晩で二百名の中、百五、六十名が戦死されました。インパールへ行くなら、是非そこへお参りしてきてほしい、「あそこは私のお墓です」と言われました。ビルマ・インパール作戦で生き残って帰ってこられた方々は、かならず〝戦友の命をいただいて帰ることができた自分である〟ということを言われます。

この体験を子孫に残したいと、奈良で生まれ大阪在住の和田学氏からは「チンドウイン河漂流記」を、また金沢の清水和夫さんには「インパール敗走記」という体験記をいただいておりま す。それは読みゆくほどに、涙痕《るいこん》の乾く間もない気持ちでしか読ませていただけませぬ。ビルマ作戦では三十万人の将兵のうち、十九万人が亡くなっておられます。四万人が行方不明で、無事に帰られたのは七万人だったということです。

インパール作戦に従軍された将兵が、少なくとも八万はくだらないといわれています。そのうちチンドウイン河を越えてフーコン（死の谷）を、またアラカン山渓を踏破して、インド領内に入り、あの悲劇のコヒマ・インパール作戦に参加された将兵は六万人を超えたといわれ、その中で何人の方が亡くなられたか。三万人であるとか、四万に近いとか、いや四万五千だとかいうありさまです。

私もいささかでありますが、軍隊の経験をいたしております。しかし、その時は身は鴻毛《こうもう》よりも軽く、つまり鳥の羽の毛よりも自分の命を軽いものとして、お国のために理屈なく捧げておりました。しかし、それを受けて作戦を立てる指揮官たるもの、統帥《とうすい》者は一人ひとりの命を泰山より重く受けてくれねばならなかったはずです。それがまことに残念です。それがあれば、こんな無謀なインパール作戦はなかったはずであります。

あの頃に、「*4兵隊は一銭五厘」だという言葉をよく耳にしました。また軍隊が進軍すれば、武器弾薬、医薬、そして食糧は必要です。腹が減っては戦《いくさ》ができない、傷つき斃《たお》れたものに医薬看病の温かい手当がなければ安心して戦いはできません。それにもかかわらず、「*5輜重《しちょう》輸卒が兵隊ならば、蝶々トンボも鳥のうち」などと嘲笑する無謀さが、どれだけのお命を失わせたことでしょうか。

この度の法要の旅で、特にご報告申し上げますのは、アメリカのニューヨーク禅堂の嶋野榮道老師がご参加くださったことです。老師はニューヨークから二、三百キロ離れたキャッツキルに五百万坪もある広大な地に大菩薩禅堂を建立され、アメリカ人に禅の指導で仏法を流布しておられるお方です。今年は榮道老師がニューヨーク禅堂を開かれて二十年目です。老師には以前も、ニューギニアへの慰霊法要にご同行していただいたことがございます。

この度、再びインパール法要にご参加をいただきました。そして、それぞれの場所で連合軍、現地の人々の戦没者に英語で深々たる御回向をいただきました。そしてお二人の黄檗宗《おうばくしゅう》のご僧侶を榮道老師がご一緒してくださいました。御同行していただき、私どもの般若心経とは別に黄檗宗で般若心経を読誦《どくじゅ》される時の発音で、心経読誦の厚い御回向を賜りました。

稲葉珠慶尼の御詠歌のことは表白にも申しましたが、珠慶尼と同じく融通念仏宗《ゆうずうねんぶつしゅう》の奈良法徳寺の倍巌良舜《ばいがんりょうしゅん》師は同宗の重鎮であられますが、ご参加くださり、それぞれの場所で、阿弥陀経の読誦をいただきましたことなど、ありがたいご縁をいただき感謝に堪えません。お帰りになってのち、この旅のお疲れも加わってのことでございましょうか、入院され、目下手術後の静養に専念されています。倍巌先生のご回復を願ってやみません。

十カ所での法要のことごとくを尽くし得ませぬが、太田久紀《きゅうき》先生（仏教学者）の近著『深き流れのように ほとけの心を識る』、この書は名著です。その一八七頁に、

「千里の波濤《はとう》を隔てた、ふるさとの父や母や妻子の面影を抱きながら戦死した兵士たちの、その念《おも》いを、夢幻《ゆめまぼろし》と誰が言いうるでありましょうか。兵士たちの胸の中には、懐かしい両親や愛しい妻子が実在したのです」

この言葉をもって法要の報告に代えさせていただきます。

私も世間に用いられている「慰霊法要」という言葉を用いますが、決して本心は、だいそれて慰霊法要など口にするもおこがましき次第であり、それは「悔過法要」であるということを先に書かせていただきました。「悔」はあやまる、「過」はあやまちです。我々は三百十万人のお命のご遺産で、今日の平和と繁栄をいただいているのでありますが、それを弁《わきま》えることをしない。そのお命に、あまりにも不真面目であり、無知でありすぎます。その申し訳なさのおわびに上がらせていただくのです。それを「悔過」と申します。

大東亜戦争でお亡くなりになった英霊に、悔過をする「大東亜戦争戦没英霊悔過」であり、「大東亜戦争悔過」であります。しかし悔過であるとか、懺悔であると申しましても、これがなかなかむつかしいのです。

懺悔にも上品《じょうぼん》悔過があり、中品《ちゅうぼん》悔過があり、また下品《げぼん》悔過があるのです。体中の毛孔《けあな》より血があふれ出で眼中より血の涙、流れいずるが上品懺悔です。中品懺悔は体中から熱い汗が噴き出る。つまり遍身《へんしん》の熱汗毛孔より出でであります。そして眼中より血の涙流れいずる、これが中品懺悔です。下品懺悔は遍身微熱して眼中より涙いずるこれであります。

私どもも、あるいは法要の中に瞬間刹那には、やや下品懺悔めいた状態が身に逼迫してくるものを覚えることがあります。けれども、それはほんの束の間です。法要が済んで宿へ戻れば、おいしいもの、甘いものを求め、この度はお酒やビールは一切いただけない環境でしたが、ついおいしいものがあれば、それにお箸がはしるのです。そして冗談を言いあっては、笑いころげています。なかなか下品懺悔すらできがたい私どもです。
また、私どもの悔過や懺悔が、いったい亡くなられたお命に何のお役に立っているというのでしょうか。しかし、これしか私どもにはさせていただく道がないのです。ただご遺族の方々にお喜びいただくことが、精一杯、私どもの限度であります。お許しください。

〈薬師悔過の行〉

懺悔といえば、こんなことを思い出します。戦争が済んで間もないころ、私も復員してしばらくしてのころでした。東京へ出た時のこと、天皇陛下はどうしておられるのだろうかと、宮城前広場で正座してしばらく時を過ごしたことがございました。二重橋の周辺に幾人かのＭＰ（アメリカ軍の憲兵）がおりました。悔しい、情けない思いをしました。そのころ私は俳句を習いはじめていました。俳句の先生に丸をもらって得意になり、帰寺して橋本凝胤《ぎょういん》師にその句をお見せしました。

観音の　みすそ染めたり　わかかえで

でした。その途端に「あんまりようないなあ」といわれてペシャン。お前も俳人になったのかと冷やかされました。そのころですから、宮城前広場での思いを俳句にまとめるべく、懸命につくりにかかりました。ところが一向に俳句にはならず、それこそ「廃句」でした。ただ言葉を次々と並べるばかり、精一杯できそこないの散文詩にもならないことばの羅列でした。

帰ってまた、その様子を師匠に報告しました。すると師匠がすかさず「おおハイジン（俳人）がシニン（詩人）になったのか」と言われてしまいました。それ以後、私には詩も句もなくなりました。その羅列した言葉は全部忘れてしまいました。しかし結びが「菊の栄えに民は舞い君の憂いに民は泣く。国民草《くにたみぐさ》の健やかに、風雨の恵みを願いまします大君は　十方《じっぽう》諸仏の御前《おんまえ》に　伏《ふ》して懺悔をなし給へ」の句であったことはおぼえています。

薬師寺の修二会は薬師悔過の行です。意識、無意識、自覚、無自覚のまにまにに犯せる罪垢《ざいく》を懺悔するのです。人はお互いに知っているところで犯している罪よりも、知らないところで犯している罪けがれが恐ろしいのです。それを諸仏、諸菩薩に懺悔《おわび》する、これが悔過の行であります。

〈言葉にならぬ思い〉

最後にインパールのことを話させていただきます。インパールは三千年の文化を持つマニプール州の首都です。マニプールには今も王宮が残っています。かつてはネパールと同じく独立した王国であったのです。それが今はマニプール州として、インドの行政に組みこまれてしまっています。土地の人々には、歴史あるマニプールの言葉をインドの公用語にしてもらいたいという願いがあり、さらには、あるいは独立を、との気運があるのでしょうか、そうしたことに神経を尖《とが》らせているインド中央政府のようです。ですから外国人を入れたくないようです。

事実、私どもも五泊六日の許可をもらっていたのにもかかわらず、四泊五日で出てほしいと要請されたのでありました。旅行の世話をしてくれているエム・オー・ツーリストが最大の努力をしても、結局唯一の交通機関の飛行機の切符が四十枚しか取れず、三十余名がいわゆる不法滞在しなければならなくなりました。そこで、あちらへ従軍しておられた方、遺族の方、そしてお勤めをする私ども僧侶が残りました。不法滞在者ではありますが、地元の人々の日本人に対する温かいお気持ちのお手伝いがあって、最後の日にパレルでの法要がいとなめたのでありました。

またそんな中でも、地元の人々の好意で軍隊の警備のもと、三千年の文化の一端を垣間見てもらいたいと、舞踊の見学ができました。日本の踊りにも似ている、まこと盆踊りそのものといった踊りがありました。踊りの中でふと気がつけば、男と女に分かれた綱引きが見事に舞踊化されて、それが古事記の国引きを思い出させてくれるような内容のものもありました。

また、このあたりの景色が、習俗、風習が日本とよく似ているところがあり、山のたたずまい、田園の夕景など、私ども子供の頃の大和《やまと》の田舎の風景でした。材料は違っても屋根の形、田園の拡がり具合が似ているのです。それだけに将兵たちの切ないまでの思いをふるさとに寄せられ、家族を偲ばれたことであろうかと思うほどに胸が詰まりました。

カルカッタの近くのタゴール大学の先生であられた牧野財士《さいじ》師がマニプールへよくお出でになるということで、今回の旅にお付き添いをくださいました。その牧野先生から、「マニプール行き帰り六回、延べ日数にして百六十五日、マニプールなら安心して死ねるところだ、戦没将兵の後を追わん、などと考えたこともあります。あそこへ行くと何か温かいものを感じ、吾《わ》が故里《ふるさと》へ帰ったような気がします。またご一緒された老若女性の方々は軍国の母ではなく、平和の母であられました。本当にありがたいお出会いをいただきました」とのお手紙をインドからいただきました。

牧野先生はマニプールへ行くと、日本へ帰ったような気になると仰せられ、また日本へ帰れば西洋へ行った気がすると言われました。マニプールの人々はモンゴリヤで、お尻に斑点をつけて生まれてくる日本人と同じ系統の人種であります。牧野師はインパールと日本の架け橋になることを願っておられます。マニプール大学構内にジャパニーズハウス建設の構想をもっておられるようです。大学がこれを要請する向きがあるようです。日本文化教室のような部屋をいただかれて、大学へ日本文化の講義に何回となく行っておられる。それがマニプールへ往来、行き帰り六回ということであります。

現在、マニプール大学の一隅に、日本庭園が造られつつあることをお聞きました。日本会館を造って、マニプールの人々が日本に対してもっと理解を深くしていただけるようにと。とにかくこの土地の人々は日本人に対して親しみの気持ちがとても深いのです。日本語をたどたどしくも語ってくれる方の幾人かにもお目にかかりました。

このインパール周辺、私ども七十七名のお同行が、法要の筵《むしろ》を敷かせていただいた場所それぞれが、いまもこの地の下からは、掘れば御遺骨がお出ましになるという場所でした。英霊への御回向のためにも、また異国の土と化せられつつある御遺骨に対しても、こうした日本人への温かい心のぬくもりと、日本を理解してくださる心の培《つちか》いがこそ、何よりの御回向になるのではないかと思います。できるだけ多くの方々に、その旨をお聞きいただき、牧野先生のお手伝いをと思っています。

結願法要を営みましたセングマイの東は、マニプール川を挟んで一面の山でした。この山を東から越えて、川を渡って、こちらは広々とした台地です。ここで法要をさせていただいたのです。前を流れるマニプール河はきれいな流れです。

どこへ出向くときにも、大東亜戦争悔過法要の御本尊である木彫のお地蔵様をいつも奉持してくださる御熱心な大東亜戦争悔過のお同行であります井内久義さんは、岐阜県大垣のお方です。この清流に揖斐川《いびがわ》や長良川《ながらがわ》を思われてであったと思いますが、「きれいな川ですな。鮎がいますやろな」と声を発せられました。この言葉は、おそらくこの地で食べるものもなく、傷つき病みながらも、手当ても受けることなく息絶えていかれた将兵たちの、おん思いでもあったかと思わずにはいられませんでした。

冷えし酒　詫びて浴びせる　戦友《とも》の塚

井内さんの句です。法要でお供えになったお酒を、異郷の土と化せられつつある山野のそこかしこ、日本将兵の血潮が染み込んだお墓とも言うべき大地を泣きながら、お酒を供えつづけておられました。

私はインパールから北へ百四十キロ、コヒマへ行けませんでしたが、副住職の松久保秀胤《しゅういん》、牛谷四郎さんら四人がお参りにいってくれました。その人々の話を聞くと、インパールの人々よりも、さらにコヒマの人は表情や情緒が日本人に似ているとの由でした。また戦跡の状況を承るにつけても、あらためてのお参りをさせていただかねばと思わされました。

さきの帝《みかど》の御製の、

くにのため　いのちささげ志　ひと〴〵の　ことをおもへば　むねせまりくる

は表白の中で紹介させていただきましたが、私ども、あの現地に身を置くとき、五十年過去の生々しい凄惨がじかによみがえってくるを思うとき、身のふるえがとまらず、その身の置くところ知らざる思いがいたします。その心の底から、

なぜかくも　飢餓吸血に　ぶち込むや　とわに消えまじ　おぞましの罪

詩にも和歌にもなりませぬが、無念のやるかたなさが、はらわたの底から込み上げてきます。それこそ身がよじれ、ねじるような悲しいやるせなさです。歩いては泣き、とまっては泣き、歌っては泣き、お経をあげては泣いての五泊六日の旅でありました。思いあまって、言葉にならずでありますが、この度のご報告に代えさせていただきます。

御同行にご参加いただいた皆様方、本当にありがとうございました。ご苦労様でございました。厚く御礼申し上げます。また、場所ごとで当時の戦況を詳細にご教示くださいまして、その場で行う法要への思いを深くお導きいただきました柴田憲助氏に謹んで御礼申し上げます。

異国、異郷にあたら土と化せられつつある御遺骨を、そのままにのこして私どもだけが日本に帰るなど本当に申し訳ない思いにかられます。ただただお許しを乞い、稽首《けいしゅ》して必ずもう一度お参りにこさせていただくを約さずには帰国することができませんでした。そのためにも、必ず今一度のコヒマ・インパールへの法要の旅を願っています。

その節の御同行をよろしくお願いします。またその節の御遺族がたに、御回向のお取次ぎもおこころがけおきください。

＊1戒厳令下：マニプールの州都インパールでは、インドからの分離独立や州境の変更をめざす反政府組織と治安当局の衝突が発生しており、外国人の立ち入りを厳しく制限していた。

＊2御詠歌：讃仏歌ともいう。仏教の教えを、鈴や鉦《しょう》の響きとともに旋律にのせて唱えるもの。

＊3散華声明：散華は仏を供養するために華を散らすこと。蓮の形を模した色紙を使うことが多い。声明は経典に節をつけて唱える仏教音楽。

＊4兵隊は一銭五厘：「兵隊は一銭五厘の命」。消耗品にすぎないという意味の比喩。はがき代が一銭五厘の時代、召集令状一枚で兵隊は補充がきく意という俗説もある。

＊5輜重輸卒が〜：日露戦争の頃にいわれていた補給の任務を軽侮・揶揄した言い方。

インパール慰霊法要

表白

アラカンの　山脈《やまな》み遥か　インパール
雲の墓標に　亡き友のおわす

この思いで何時《いっ》の日にかと、インパールへの思いは募るばかりでありました。その私どもが、今、ようやくこの地に達することができました。インパールへの思いを募らせながら、この国、内外の事情に阻まれて、今日になってしまいました。遅くなってすみません。おゆるしください。

私は嘗《かっ》てビルマへ三度《みたび》、法要の旅にお参りさせて頂きました。その節、最もインパールに近い所、カレミョウまでまいり、野に山に川に、屍《しかばね》の埋没して未だ祖国へ、故郷へお帰り願えない魂魄《こんぱく》の数えるに暇《いとま》あらざる、インパールを望み、読誦《どくじゅ》絶声の限りを尽くさせて頂きました。その時の思いが、最初の一首の意《こころ》です。然し、今ようやっと、ここに七十七名の御同行を組んでお参りすることができました。或いは父子、兄弟を、或いは戦友への思いを、さらには同胞《どうぼう》の労苦、犠牲に涕泣《ていきゅう》、惋傷《えんしょう》の念を凝らすべく、それぞれの志を抱いて、遂に今ここに来たるを得ました。

僅《わず》か五泊六日の限られた短い時間でありますが、嘗《かつ》て諸兵諸士の白骨で、瞠《みは》らかす万壑千峰《ばんがくせんぽう》が埋めつくされ、今はこの地に異郷の土と化せられつつある河岳英霊《かがくえいれい》に、表裏精粗《せいそ》を密密縫うが如くに、法要の筵《むしろ》を敷き巡らせて頂きます。どうか私共の志す処をお受けになって下さい。血は流れ、川を成したでありましょう、血潮の染み込んだ、此処幽咽《ゆうえつ》の大地で、ひたすら私共は、大東亜戦争悔過の行《ぎょう》に励ませて頂きます。

ご遺族の方々はきっと英霊《みたましい》に食《くら》いつきたいほどのお気持ちでございましょう。戦友同志の方々も御一緒に、幽明を越えて抱き合って下さい。しがみつきあって下さい。御同行七十七名の皆様、大東亜戦争悔過の行に、至誠の真心を尽くしましょう。

「父の戦死も知らないで、母の乳房にすがってた、そんな私が嫁に行く」の詞《ことば》に始る、美空ひばりさんが歌われる「五木の母」という歌があります。「赤児背にして山仕事、戻りゃ夜なべの機《はた》を織る。幼心に覚えている」と続き、「やがて私も母となり、可愛い我が子を抱いたとき、つらい運命《さだめ》を生き抜いた、母を偲《しの》んで泣くでしょう」。この歌の作詞者は西沢爽《そう》氏です。私共が年々の慰霊法要、いや、大東亜戦争悔過の行ですが、この法要に御同行くださる御主人と死別され、お父さんを、兄弟を亡くされた御遺族に接しての実感が、この歌にこみあげてきます。

この度は、御詠歌妙達の師、奈良高林寺の稲葉珠慶《しゆけい》尼が参加して下さっています。英霊に有難い御詠歌の御供養をお受けになって頂けること、本当に嬉しいです。珠慶尼の西国観音霊場の御詠歌と共に「五木の母」、この歌をも私共のお同行の御詠歌の調べにさせて頂きたいと思います。初めてこの歌を聴いた時、私は泣きました。あまりにもの実感に泣いたのでありました。泣いた涙の底から、これは私共お同行の御詠歌の調べであると思ったのでした。事実、西沢爽氏は、あたたかい和讃を、世に残したいとの情念で、演歌の作詞に精進なさっているお方です。

大君の　命《みこと》かしこみ　磯に触《ふ》り
　海原《うのはら》わたる　父母《ちちはは》を置きて
（万葉集）

遥々《はるばる》千里万里を越えて千古不斧《せんこふふ》のジャングルの地に、未だ埋もれ給いたるままの、私共がともがらなる英霊《みたましい》の皆様方、私共の肩に乗りてお帰りになって下さい。父母君《ちちははぎみ》が、妻や子も、同胞《はらから》みんなが偲び待つ、祖国《くに》へ故郷へ、一緒に帰りましょう。お迎えに参りました。

くにのため　いのちささげ志　ひと〳〵の
　ことをおもへば　むねせまりくる

千鳥ヶ淵《ちどりがふち》墓苑に詠ませ給ふた先《さき》の帝《みかど》の御製《ぎょせい》です。
どうかお同行の皆様の御慰霊を願われる、大東亜戦争悔過の、涙の御供養をお受けになって下さい。

合掌

平成四年一月二十七日

千鳥ケ淵墓苑　大般若経転読悔過法要
結びの言葉

慎みて此処、千鳥ケ淵墓苑に鎮《しず》まり坐《まし》ます、三十三万四千九百四十六体の御霊骨に、更には九万の鵬程《ほうてい》、塵外《じんがい》の客地、辺々たる峡谷、碧海《へきかい》の底に喪《うしな》われて、未だ祖国、故郷に還り給わざる英骸に、有縁の善男善女百七十名、大東亜戦争戦没英霊悔過の至誠を尽くして、慟哭懺悔《どうこくさんげ》の大般若経転読悔過《だいはんにゃきょうてんどくけか》法要に結びの言葉を申し述べます。

千里を隔つと雖《いえど》も、面に対して語るが如く憶念《おくねん》の情、しきりを覚えます。

あられ降り　鹿島の神を　祈りつつ
皇御軍《すめらみくさ》に　吾《われ》は来にしを
（万葉集）

と勇躍出征したもうたでありましょう将兵達も、

防人に　立ちし朝明《あさけ》の　金門出《かなとで》に
手放れ惜しみ　泣きし児らはも　（同）

出征される日の朝、我が家の門を立ち出ずるの時、妻子と、手を握りしめ、その手を離すことの辛さに泣き合われたことを、また

蘆垣《あしがき》の　隈処《くまど》に立ちて　吾妹子《わぎもこ》が
袖もしほほに　泣きしぞ思《も》はゆ　（同）

庭の隅で袖打ちぬらされた妻御《つまご》の面影を、思い浮かべられた万葉の防人の思いと、同じく底《てい》を重ねられたことでありましょう。

蹊径山野由《けいけいさんやよ》る所無く、屍は平原大地、金輪《こんりん》の底、また南冥千万《なんめいちよろず》の島辺《しまべ》をめぐらして、舷舷相摩《げんげんあいま》して沈海を極め、船艙には累々の白骨、未だ収むる無きありさまであります。

幾度かその各地を、今日霊前に同行ましますご遺族の方々共々、追善回向の旅に上がらして頂きました。慰霊などとはおこがましい限り。追善回向など、またままならざる越権の沙汰。平和と繁栄に馴れしおごり、三百十万体を越えし魂霊《みたましい》に、悔過の念しきりの旅の重々ではありました。

此処千鳥ヶ淵墓苑は日本将兵、無名戦士の墓と呼ばれる聖地です。けれども鎮まりますお一人一人、これ父母がその名を呼び、慈愛を込めて養育の子弟、また妻子恋慕して名を叫びて生還帰郷を待つ、人の親たり夫《つま》たり、はた兄弟姉妹《はらから》であり給えば、寧《いずく》んぞ無名戦士の墓でありましょうや。

これをしも無名となすは日本国民たる者、不真面目の譏《そし》り免れ難く、お命を御遺産に、今日の平和と繁栄を頂戴する日本人、私共の怠惰でしかございません。喪《も》なくも感《いた》めば憂い必ず儲《あた》るの念、悽愴《せいそう》として悲傷の心、更に深痛《しんつう》。唯、喟然《きぜん》たるのみです。

レコードは　おおかたいたみ　ととのわず
歌謡を兵ら　幾度も聞く
（昭和万葉集）

引揚げられる船間より、必ず蓄音機と塩水で塊状《かいじょう》を呈するレコードを見るが常です。摩滅して、僅《わず》かなる雑音の底から、幽《かす》かに浮かびくる歌謡曲に耳を寄せ合い、故郷を偲び、家族を思いあわれたであろうお姿が偲ばれてなりません。歌謡曲も、お謡も、民謡も、詩吟も、軍歌、童謡、悉くが手向《たむ》けのお経と化するのが、私共が大東亜戦争戦没英霊悔過法要の旅の常たる所以です。

今、ここに座して思うこと、昭和五十八年、ニューギニア島マノクワリでの、戦骨十七体の御遺骨との邂逅《かいこう》に、肺腑《はいふ》抉《えぐ》られたる農庭の頭《ほとり》、絶啾《ぜつしゅう》の朝《あした》。なれども国と国との筋を通したお迎えを待つとの現地警察の態容《たいよう》に、思いを残せし日のこと。さらに外務省、厚生省との幾度ともなく重ねし交渉、現地との旅の往復。紆余曲折を経ての挙げ句に、漸く昭和六十三年二月一日、千鳥ヶ淵墓苑に設利羅《せつりら》（御遺骨）供養厳修《ごんしゅう》の日を迎え得し、あの日、またあの日に到る次第の数々が瞼に浮かんでまいります。万感胸懐《きょうかい》に迫りて止《や》まずです。

礼拝読誦、悔過回向の、念念《ねんねん》を尽くしてなお足《た》る能《あた》わざるところなるも、白善同行各各の、悲衷《ひちゅう》の微意を照覧納受《しょうらんのうじゅ》あらしめ給えと、謹みて一向に願い奉ります。

合掌

平成五年七月二十三日

好胤敬白

慰霊法要のお同行——解説に代えて

「太平洋戦争」「第二次世界大戦」「大東亜戦争」……。さまざまな思いや立場から、色々な呼び方をされる先の戦争です。戦中戦後の艱難辛苦《かんなんしんく》の中を生き抜いてこられた方々にとって、その時代は〝悪夢〟そのものだったのでしょう。明治生まれの母方の祖父は、戦争関係のテレビ番組が放映されるといつも祖母に「チャンネルを変えてくれ」と申しておりました。そのとき祖母はきまって「おじいちゃまはね、戦争のことは思い出したくないのよ」とそっと言うのでした。

かたや〝もはや戦後ではない〟と経済白書に記述された年（昭和三十一年）に生まれた私のような世代にとっては、戦争は対岸の火事の出来事、平和は当たり前、高度経済成長の中で育ち贅沢に慣れきっていました。平和は空気のようなもので改まって感謝することはなく、より快適で便利な物に囲まれた生活を目指して努力することに、何の疑問も抱くことはありませんでした。そして、世代を問わず日本人全体が「消費は美徳なり」という言葉に踊らされ、経済優先に物事が考えられてゆきました。〝ぜいたくは敵だ！〟という戦争中のスローガンの反動なのでしょうか。

このような、まだ足りない、もっと豊かに、もっと便利に、快適に、と国を挙げて欲望のままに突き進んでいた昭和四十年代に、父は「物で栄えて心で滅ぶ」と警鐘を鳴らしていました。

「ヒマラヤ山を黄金と化し、これを倍にしても一人の人の欲望を満たすことはできない」
釈尊《しゃくそん》のお言葉です。人間の欲望は無限です。しかし、自分の欲望を自分の分限に応じて自己規制する、という精神を確立しなければ戦争と同じです。

（英霊悔過　二）

いまや身辺には物があふれかえるほどあり、贅沢三昧、戦争を忘れ平和を謳歌していながら、それでも多くの不平、不満、不安を抱えている。そんなお陰さまへの感謝も自制心もない欲望まみれの人間が口にする「戦争と平和」とは一体何なのでしょうか。

＊

昭和四十八年、父から函館ＪＣ（日本青年会議所）主催のシベリアの旅に誘われました。私が高校一年生の時です。ハバロフスクに到着して、入国手続を済ませてホテルでランチをとりました。まず、その時の粗末な食事、濁ったグラスの水にショックを受けました。レストランに来ているロシア人を見ると、胸に勲章をたくさんつけた富裕層の人々のようでしたが、私たちが残してしまうような料理を美味しそうに平らげていました。贅沢や美食が当たり前になっていた高校生の私には、忘れられない思い出です。人間にとって何が幸せなのか、考えさせられました。

シベリアへはその後も参りましたが、ソビエト連邦であった当時、法要であっても事前の届け出が必要でした。その審査が通っても、指定の場所以外の訪問は許されませんでした。強く印象に残っているのは、アルミプレートに名前や番号が刻まれているだけのセメント造りの墓石が並ぶ、寂しい佇まいの日本人墓地です。記録によりますと、当時ソビエト政府による抑留日本人のための墓地は、亡くなられた方々の六パーセントしかなかったそうです。

大学三年生のとき、パプアニューギニアの慰霊法要に参りました。一週間で十数カ所の戦跡を巡る強行軍で、いっぺんに体重が四キロ減るほどでした。肉体的には厳しい旅でしたが、心には得難い多くの経験をいただきました。一行五十余名、英霊の眠る戦地を訪ねてジャングルの中へ道なき道を進んでゆくと、茂みの向こうに小さな平地が開けてきました。そこで法要をすることになり、シートを広げ、箱から法要道具を取り出し、その箱に白布を掛けてにわかづくりの祭壇としました。お地蔵様をお祀りして、お水、お花、お線香、御供えを整えてゆきました。

準備が整い、僧侶の声明《しょうみょう》、読経《どきょう》が始まりました。そして全員で般若心経を繰り返し唱え、ご遺族や戦友の方々から英霊《みたま》への呼び掛けや、日本で託された手紙の代読、童謡や流行歌などを歌いました。英霊に聞いていただきたいという、思いつくものすべてが「お経」です。その時、繁みの中から誰かしらこちらの様子を伺っている気配を感じました。法要が終わった時、私たちは大勢の現地の人たちに囲まれていました。

父のもとに村長《むらおさ》らしき年配の男性が歩み寄ってきました。法要の時に訪問国の国旗とともに掲げる日の丸を見て、私たちが日本兵の慰霊をしているのがわかったのでしょう。「日本の兵隊さんには大変お世話になりました」という言葉が、通訳を通した第一声でした。そして手招きをしてそばに呼んだ青年は「クニオ」という名前だといいます。自分たちの子供に日本人名を付けることがあるのだそうです。当時日本兵が残していかれた軍刀も持ってきてくれました。錆《さび》てはいましたが、大事にとっておかれたことがわかりました。

「兵隊さんは親切だった。私たちに色々なことを教えてくれました。その後に来た連合軍は横暴で、受けた扱いはひどいものだった」――。その言葉に「日本の兵隊さんは現地の人に優しかったのだ」と安心しました。新聞や教科書には載っていない、学校でも教えられない話です。

その時の旅では、暑さのため昼食のお弁当が傷んで食べられなくなってしまったこともありました。でも父は「ここで亡くなられた方々の飢え、ご苦労を思うたら、昼食一回抜くくらい大したことやない」と同行の皆に言い、その日はお昼なしの法要三昧《ざんまい》の一日となりました。たった一食を抜いただけのことでしたが、「兵隊さんはご飯を食べておられなかった」ということを実感しました。

また、ホテルに到着した時のことです。ほかの法要の一団がありましたが、予約の手違いで分宿をしなければならないようでフロントと喧嘩ごしで交渉していました。父はそれを知って添乗員さんに、「僕らが分宿させてもらったらええやないか」と伝え、それとなく代わりに私たちが別れ別れに宿をとりました。慰霊法要に来させてもらっているのだ、当時の兵隊さんのことを思えば分宿だろうがちゃんと寝床があるのだから有り難いと思わなければならない……、父はそう考えたのでしょう。

ニューギニア戦線から生きて帰ってこられた方々が同行されており、いろいろなお話を聞かせていただきました。川でお米を研《と》ぐときに一粒でも流れ出たらそれを必死に追ったものだった……、食糧がなくなり飢餓に襲われている時、現地の人からタロ芋を食べさせてもらって嬉しかった……、といった食事についてのお話を印象深く覚えています。

このような体験をし、戦争でご家族や戦友を亡くされた方々のお話を聞くことで、自分が生きていられるお陰さま、ありがたさ、もったいないという気持ちが、私の心の中で育っていくようでした。こうして実際に慰霊法要に同行させていただくと、父がよく言っていた〝同胞《はらから》〟という言葉が自然と身心に沁《し》みこんでまいりました。

本文で紹介されていますが、「喪《も》なくも感《いた》めば憂い必ず儲《あた》る」という言葉があります。

――私はこの言葉が好きです。私の肉親はだれ一人戦死してはおりません。ですから「遺族」ではない。遺族ではないけれども、遺族の方々と行動を共にして、遺族の方々と同じような気持ちになってお経をあげていると、遺族の方々の気持ちが私の胸の中に入ってきてくださるのです。お同《どう》行《ぎょう》の人、みんなそうなんです。これが「喪なくも感めば憂い必ず儲る」です。そこで「同行者いつとして涕泣《ていきゅう》せざるは無し」となります。

（英霊悔過　二）

法要は一カ所の戦跡で二、三時間かかりました。御遺族の方が多い場合は六時間に及んだこともありました。深夜になり、真っ暗闇の中、ロウソクを灯し懐中電灯を照らしながら行われることもありました。先に触れたように、読経だけではなく、英霊の方々に少しでも喜んでいただけると思われるものは、詩でも歌でもすべてお経になると、全身全霊を込めて丁寧に法要を営んでおりました。

そんな父高田好胤の戦跡巡礼は、薬師寺管主に就任して間もなくはじめられ、生涯三十余回に及びました。シベリア方面のハバロフスク、イルクーツク、ブラーツク。フィリピン諸島のルソン島、レイテ島、ミンダナオ島。中部太平洋方面のサイパン島、テニアン島、グアム島。パプアニューギニア、イリアンジャヤ。ガダルカナル島、ブーゲンビル島。オーストラリア・カウラ、キャンベラ。インド・インパール、タイ、ビルマ（ミャンマー）、シンガポール。沖縄、知覧、硫黄島……。繰り返し訪れた地域も少なくありません。その中で記録が残されていた十一編を本書で紹介しています。

これほどまでに世界中の戦跡を訪れ、三十年にも渡って毎年必ず法要を行なってきたのは、戦没者慰霊の旅が、私たちが忘れてしまった日本人の心を取り戻す、かけがえのない機会であったからだと思います。慰霊法要の旅という形をとっていないときでも、宗祖慈恩大師《じおんだいし》の千三百御忌で訪中した折も、西安から洛陽までの列車での移動中に、貸し切りの車内で車窓にひろがる大地と天空に向け、中国全土で亡くなられた四十六万柱の英霊に捧げる法要を執り行なっています。また、薬師寺の伽藍《がらん》再建《さい こん》には台湾檜《ひのき》を使わせて頂いたということで植樹法要に何度も参りましたが、台湾本島の最南端まで必ず足を伸ばしたのは、三十万人もの方々が亡くなられたというバシー海峡で船上慰霊法要を行なうためでした。

——私どもに平和の大切さ、尊さ、これをしっかりと生活する精神によって守ることの大事さを、命をもって教えてくださっているのが英魂《みたま》であります。平和と繁栄に慣れてしまって、便利や贅沢やエゴのかたまりである欲望に惚《ほう》けて、この命がけの御教《みおしえ》を聞く精神の緊張を失っているのが、私ども今の日本人の大半であります。

（防人の三十三回忌）

——繁栄と平和の中に浸りきっている。しかし、この影には大東亜戦争で二百五十万人もの方々が尊い生命を落とされたという悲惨極まりない犠牲があったのだ、その犠牲の上に現代日本の平和と繁栄があるのだ、ということを私どもは決して忘れてはならないのだ。

（これでいいのだろうか）

——平和は大切です。しかし、自分の心の中に本当の平和を確立しようとの努力もしないで、ただ「平和、平和」と口先だけの無責任な平和論など唱えてほしくはありません。それはかえって英霊を冒《ぼう》瀆《とく》することになりかねません。

（月の虹）

まず静かにわが身を省みて、あの戦争で奪われた尊いお命のご冥福を、日本人として素直にお祈りすることからはじめなければなりません。黙々と、亡くなられたお命の菩提《ぼだい》を弔《とむ》らわせていただくことが、何よりも大切だと思います。そうでなくては、あまりにも申し訳が立たないのではないか。

いつしか父は「慰霊法要」ではなく、「慰霊悔過法要」と言うようになりました。

「自分のような、ちゃらこい僧侶のお経で救われて下さるような死に方はしてはおられない。その尊いお命の上に、我々はこんなに贅沢な暮らしをさせてもらって申し訳が立たない。自分の罪咎《ざいきゅう》をお詫《わ》びしながらの法要の旅だから、これは悔過法要、慰霊悔過法要なのだ」というのがその理由です。法要の回数が重なるほど、申し訳なさが強くなっていくという様子でした。

――今日をあらしめてくださっているお陰を不真面目にして、国であれ、家であれ、未来豊かに栄えたためしはありません。

（英霊悔過　一）

いま、いよいよ重く感じられる言葉です。

*

父の希望に応えて、法要に同行して写真撮影をされた方がいらっしゃいました。道なきジャングルでも、満足な宿泊施設のない地域でも同行されお助けくださいました。本書に掲載されているお写真をはじめ、貴重な資料を快く御提供いただきました。父没後十七年が経ちますが、変わらぬ御縁に感動をいただきますとともに頭がさがる思いでした。末筆にて失礼ながら御礼申し上げます。

平成二十七年　八月十五日

高田都耶子

高田好胤（たかだ・こういん）
大正13年、大阪市生まれ。昭和10年に薬師寺に入山し、橋本凝胤師より得度、薫陶を受ける。昭和20年1月、学徒出陣で千葉県四街道の陸軍野戦砲兵学校に幹部候補生として入隊。終戦後復員し、昭和21年に龍谷大学仏教学科卒業。昭和24年、薬師寺副住職に就任。18年間にわたり薬師寺境内で修学旅行生に説法をする。昭和42年に薬師寺管主、昭和43年に法相宗管長に就任。白鳳伽藍復興のため、般若心経による百万巻写経勧進に取り組み全国を行脚する。さらに戦没者慰霊悔過法要のため、世界各地の戦跡を巡礼した。平成10年、遷化。
『心―いかに生きたらいいか』『道―本当の幸福とは何であるか』『母―父母恩重経を語る』『高田好胤「佛法」を説く』『親の姿 子の心―高田好胤法話選』、『渇愛の時代―佛教は現代人を救えるか』（村松剛・共著）等、著書多数。

月《つき》に架《か》かる虹《にじ》　戦没者慰霊《せんぼつしゃいれい》の旅《たび》

2015年　9月　30日　初版第1刷発行

著　者　　高田好胤
発行者　　相澤正夫
発行所　　株式会社 芸術新聞社
　　　　　東京都千代田区神田神保町 2-2-34　千代田三信ビル
電　話　　03-3263-1637（販売）
　　　　　03-3263-1623（編集）
ＦＡＸ　　03-3263-1659
振　替　　00140-2-19555
URL　　　http://www.gei-shin.co.jp/
印刷・製本　シナノ印刷 株式会社

ISBN978-4-87586-471-4　C0021